ROBERT BLY
从城堡偷糖
*Stealing Sugar
from the Castle*
Selected and New Poems
1950–2013

〔美〕罗伯特·勃莱　　　　　　　　　　著
陈东飚　　　　　　　　　　　　　　　　译

人民文学出版社

著作权合同登记号　图字 01-2023-4116

Stealing Sugar from the Castle: Selected and New Poems, 1950–2013
©2013 by Robert Bly
Published by arrangement with Georges Borchardt, Inc.
through Bardon-Chinese Media Agency
Simplified Chinese translation copyright ©2023
by Shanghai 99 Readers' Culture Co., Ltd.
ALL RIGHTS RESERVED

图书在版编目（CIP）数据

从城堡偷糖 /（美）罗伯特·勃莱著；陈东飚译. —— 北京：人民文学出版社，2024
（巴别塔诗典）
ISBN 978-7-02-018303-6

Ⅰ.①从… Ⅱ.①罗… ②陈… Ⅲ.①诗集－美国－现代 Ⅳ.① I712.25

中国国家版本馆 CIP 数据核字 (2023) 第 195903 号

| 责任编辑 | 朱卫净　何炜宏　邰莉莉 |
| 装帧设计 | 李苗苗 |

出版发行	人民文学出版社
社　　址	北京市朝内大街 166 号
邮政编码	100705
印　　制	凸版艺彩（东莞）印刷有限公司
经　　销	全国新华书店等
字　　数	150 千字
开　　本	889 毫米 ×1194 毫米　1/32
印　　张	12.375
插　　页	5
版　　次	2024 年 1 月北京第 1 版
印　　次	2024 年 1 月第 1 次印刷
书　　号	978-7-02-018303-6
定　　价	98.00 元

如有印装质量问题，请与本社图书销售中心调换。电话：01065233595

给露丝①
我亲爱的,让我们跳个舞步

---
① Ruth Counsell Bly(1938—),诗人的妻子。

目录

早期诗篇（1950—1955）
一个黯黑草丛里的家…………………………………… 003
当哑巴说话……………………………………………… 004
我们必须寻求帮助的地方……………………………… 005
苏醒……………………………………………………… 006

雪域中的寂静（1958—1978）
等待夜晚来临…………………………………………… 009
夜晚……………………………………………………… 010
午后降雪………………………………………………… 011
深夜友人来访时………………………………………… 012
旧木板…………………………………………………… 013
惊诧于傍晚……………………………………………… 014
三种愉悦………………………………………………… 015
与一友人彻夜畅饮后，黎明时我们乘一艘船出去看谁
　能写出最好的诗……………………………………… 016
三节诗…………………………………………………… 017
晚间驾车进城寄一封信………………………………… 018
驱车驶向拉基帕尔河…………………………………… 019
情诗……………………………………………………… 020
挽着手…………………………………………………… 021
工作后…………………………………………………… 022
沮丧……………………………………………………… 023
月亮……………………………………………………… 024
想起杜甫的诗…………………………………………… 025
棚屋里的冬季遁世诗…………………………………… 026

乘火车经过一座果园……………………………………… 028

身体周围的光（1967）
呼叫獾兽……………………………………………………… 031
梅里特大道上的冻雨风暴…………………………………… 032
经理人之死…………………………………………………… 033
随我来………………………………………………………… 034
沮丧中写于罗马附近………………………………………… 035
当亚洲的战争开始…………………………………………… 036
点数小骨头尸体……………………………………………… 037
对黑发之人的仇恨…………………………………………… 038
蚂蚁看约翰逊内阁…………………………………………… 040

牙齿母亲终于赤裸（1970—1972）
牙齿母亲终于赤裸…………………………………………… 043

雷耶斯角诗篇（1974）
十一月在麦克卢尔海滩的日子……………………………… 053
海星…………………………………………………………… 054
1970年驾车西行……………………………………………… 055
有我小儿子的登山幻象……………………………………… 057
在利曼陀沙丘欢迎一个孩子………………………………… 058
死海豹………………………………………………………… 059
一头章鱼……………………………………………………… 061
冰球诗给比尔·达菲………………………………………… 062
坐在肖湾的某块岩石上……………………………………… 065
看着我手中一只死鹪鹩……………………………………… 066
一棵空树……………………………………………………… 067
八月的雨……………………………………………………… 068
对读者的警告………………………………………………… 069

一块紫水晶……………………………………… 070

睡者挽着手（1973—1986）
1926年12月23日………………………………… 073
一场对话………………………………………… 074
悼念背叛………………………………………… 077
中国陵墓守卫…………………………………… 078

在两个世界里爱一个女人（1978—1985）
第三个身体……………………………………… 083
槽边的马匹……………………………………… 084
整个潮湿的夜晚………………………………… 085
夜蛙……………………………………………… 086
冬季诗篇………………………………………… 087
在海洋正中……………………………………… 088
听科隆音乐会…………………………………… 089
三三两两的情诗………………………………… 091
睡眠之诗………………………………………… 092
欲望之马………………………………………… 093
与一个多年未见的圣女的交谈………………… 095
两个中年恋人…………………………………… 096
在多雨的九月…………………………………… 097
靛蓝旗帜………………………………………… 098
牡丹花开时……………………………………… 100
驼鹿……………………………………………… 101
公羊……………………………………………… 102
苍鹭饮水………………………………………… 103
在五月里………………………………………… 104
一场跟一个我不认识的女人过一下午的梦…… 105
一个男人和一个女人和一只黑鸟……………… 106

板子上的蚂蚁⋯⋯⋯⋯⋯⋯⋯⋯⋯⋯⋯⋯⋯⋯⋯⋯⋯ 108
一份我暗中怀有的爱⋯⋯⋯⋯⋯⋯⋯⋯⋯⋯⋯⋯ 109
来跟我一起生活⋯⋯⋯⋯⋯⋯⋯⋯⋯⋯⋯⋯⋯⋯ 110
一个满月随日落升起的傍晚⋯⋯⋯⋯⋯⋯⋯⋯⋯ 111

这副身体是由樟脑和歌斐木打造（1973—1980）

快步走⋯⋯⋯⋯⋯⋯⋯⋯⋯⋯⋯⋯⋯⋯⋯⋯⋯⋯ 115
折起的翅膀⋯⋯⋯⋯⋯⋯⋯⋯⋯⋯⋯⋯⋯⋯⋯⋯ 116
出去检查母羊⋯⋯⋯⋯⋯⋯⋯⋯⋯⋯⋯⋯⋯⋯⋯ 117
我们爱这身体⋯⋯⋯⋯⋯⋯⋯⋯⋯⋯⋯⋯⋯⋯⋯ 118
找到父亲⋯⋯⋯⋯⋯⋯⋯⋯⋯⋯⋯⋯⋯⋯⋯⋯⋯ 119
呼鸣飘荡在牧场之上⋯⋯⋯⋯⋯⋯⋯⋯⋯⋯⋯⋯ 120
入夜的小猫头鹰⋯⋯⋯⋯⋯⋯⋯⋯⋯⋯⋯⋯⋯⋯ 121
爱者的身体作为一个原生动物的共同体⋯⋯⋯⋯ 122
对居民的祝祷⋯⋯⋯⋯⋯⋯⋯⋯⋯⋯⋯⋯⋯⋯⋯ 124

穿黑外套的男人转身（1980—1984）

房子北边的雪堆⋯⋯⋯⋯⋯⋯⋯⋯⋯⋯⋯⋯⋯⋯ 127
衰落的感觉⋯⋯⋯⋯⋯⋯⋯⋯⋯⋯⋯⋯⋯⋯⋯⋯ 128
与罗伯特·弗朗西斯参谒艾米莉·狄金森墓⋯⋯ 129
悼巴勃罗·聂鲁达⋯⋯⋯⋯⋯⋯⋯⋯⋯⋯⋯⋯⋯ 131
五十个人同坐⋯⋯⋯⋯⋯⋯⋯⋯⋯⋯⋯⋯⋯⋯⋯ 134
浪子⋯⋯⋯⋯⋯⋯⋯⋯⋯⋯⋯⋯⋯⋯⋯⋯⋯⋯⋯ 137
夜间十一点⋯⋯⋯⋯⋯⋯⋯⋯⋯⋯⋯⋯⋯⋯⋯⋯ 138
肯尼迪就职典礼⋯⋯⋯⋯⋯⋯⋯⋯⋯⋯⋯⋯⋯⋯ 140
词语升起⋯⋯⋯⋯⋯⋯⋯⋯⋯⋯⋯⋯⋯⋯⋯⋯⋯ 143

对永不餍足的灵魂的冥想（1990—1994）

时间在死后倒流⋯⋯⋯⋯⋯⋯⋯⋯⋯⋯⋯⋯⋯⋯ 147
探望我的父亲⋯⋯⋯⋯⋯⋯⋯⋯⋯⋯⋯⋯⋯⋯⋯ 148

在殡仪馆	160
你死后一星期	163
威廉·斯塔福德死去时	164
感谢老教师	165
饮下那水	166
小屋里的念头	168
圣乔治、龙与圣母	169

早晨诗篇（1993—1997）

我们为何不死	175
清早在你房间里	176
打电话给你父亲	177
我们把干草叉放进去的禾束堆	178
与灵魂对话	179
黄点	180
三天秋雨	181
耶稣所言	182
当打谷时间结束	183
品尝天堂	184
华莱士·史蒂文斯与佛罗伦萨	185
华尔兹	186
看星星	187
苏醒在农场上	188
动物偿付的东西	189
写给露丝	190
与一头怪兽对话	191
你的生活和一条狗的相似之处	192
屈服是那么容易	193
绿炉灶	194
俄国人	195

丰田车里的脸…………………………… 196
写诗二法………………………………… 197
一个不良信息的来源…………………… 198
我对即将造访一个新朋友的疑惑……… 199
造访沙岛………………………………… 200
在本宁顿一星期的诗篇………………… 201
要思考的事情…………………………… 206
就仿佛有人陪伴着我（节选）………… 207
当我的亡父召唤时……………………… 209
梦者在缅因曾对我父亲说的话………… 210
望着老去的面孔………………………… 211
一首圣诞诗……………………………… 213
我们这样的人…………………………… 214
看鸟的神经元…………………………… 215
坏人……………………………………… 216
在一个会议上要更多的掌声…………… 217
一场与一只老鼠的对话………………… 218

吃词语的蜜（1999）
写给欧达莉亚的诗……………………… 221
与世界一起回家………………………… 222
写给我母亲的挽歌……………………… 223
那条追我们的狗………………………… 224
一条狗，一个警察，与西班牙语诗歌朗读 225
想到《吉檀迦利》……………………… 227
对一头驴子的耳朵讲话………………… 228

亚伯拉罕呼唤星星的夜晚（2001）
亚伯拉罕呼唤星星的夜晚……………… 231
复活节的赫雷斯………………………… 232

摩西的摇篮	233
示罗的死者	234
当我们成了恋人	236
莫奈的干草堆	237
何物曾让贺拉斯活	238
欧达莉亚与柏拉图	239
活板门	240
汉尼拔和罗伯斯庇尔	242
向后走	243
想偷时间	244
卡尔德隆	245
货车与悬崖	246
原谅邮递员	248
鹦鹉学习之道	250
伦勃朗的戴一顶红帽的提扺斯像	251
尼科斯和他的驴子	252
皮策姆和母马	253
乡村路	254
赞美学者	255
窗口的鱼	256
蒙塞拉特	257
法国将军	259
伊普勒战役,1915年	260
绿色原木筏子	262
巴珊与弗朗西斯·培根	263
纳切兹客栈	264
契诃夫的甘蓝菜	265
洞里的鳗鱼	266
伦勃朗的蚀刻	267
主红雀的啼鸣	268

伦勃朗所作老圣彼得·················· 269
为何是火花的错？··················· 270
奥古斯丁在他的船上·················· 271
困难的词························ 273
讲故事之人的方式··················· 274
这份财富是如何产生的················ 275
诺亚看雨························ 277
倾听·························· 278
就这样吧。阿门。··················· 279
黎明·························· 280

我被判的刑罚是一千年的快乐（2005）

黯黑秋夜························ 283
黎明前听锡塔琴···················· 284
在俄霍卡利恩忒与朋友闲逛·············· 286
当我和你在一起时··················· 288
有那么多的柏拉图··················· 289
巴赫的B小调弥撒··················· 290
瞎眼的多比······················ 291
拜访老师························ 292
长翅膀·························· 293
束紧肚带························ 294
呼叫应答························ 295
弄瞎参孙························ 296
白马礁岛的鹈鹕···················· 297
从身后追上来的马匹·················· 298
雅各与拉结······················ 299
拿花园怎么办····················· 301
鞋拔子·························· 302
阿月浑子果仁····················· 303

听老音乐	304
藏身在一滴水中	305
听夏拉姆·纳兹里	306
邮寄证据给原告	307
半夜里醒来	308
佛罗伦萨一周	309
拉穆的音乐	311
在一场牌局中输掉房子	313
一部悼亡史	314
沙堆	315
肮脏的扑克牌	316
胖老夫妻到处转	318
沙贝斯塔里和《秘密花园》	319
城市被焚毁之夜	320
新郎	322
蜥蜴头	323
亚当的领悟	324
吃黑莓果酱	325
暗黄胸口的松鸡	326
从城堡偷糖	327

对一头驴子的耳朵讲话（2011）

藏在一只鞋里的渡鸦	331
让我们的小船漂浮下去	332
向往杂技演员	333
尼尔玛拉的音乐	334
天黑后的青蛙	335
对长久已婚者的同情	336
屋顶的钉子	337
跟父母打交道	338

旧渔线	339
开始一首诗	340
我有女儿我也有儿子	341
想要奢华的天堂	343
一件家事	344
保持沉默	345
早晨睡衣	346
纤细的杉木种子	347
特里斯坦和伊索尔德	348
八月的土耳其梨子	349
梭罗作为一个爱者	350
这么多时间	351
鹩哥	352
写给老诺斯替派	353
寂然于月光之下	354
悲伤是为了什么？	355
骆驼	356
界限	357
家蝇	358
我父亲四十岁时	359
门口那个人	360
隐士	361
渴望	362
今天我们看到了什么？	363
巢中的鹰	364
烟渍的手指	365
老诗人未能言说的东西	366

新诗（2012—2013）

一年之计	369

《簧风琴》…………………………… 370
托马斯·特朗斯特罗默与人耳………… 371
我父亲在黎明………………………… 372
对风的爱……………………………… 373
要很长一段时间……………………… 374
听蒙特威尔第………………………… 375
就是不要担心………………………… 376

致　谢 …………………………… 377

译后记 …………………………… 379

早期诗篇
(1950—1955)

一个黯黑草丛里的家

深秋里身体醒来
我们在海边发现狮子——
没什么可怕的。
风起；水诞生，
在一道岩石岸上铺开白色的寿衣，
将我们拽起
离开土地的卧床。

我们到头来并未保持完整。
我们到头来失去了我们的叶子就像树木，
重新开始的树木，
从巨大的根上拽起。
于是被摩尔人 ① 俘虏的人们
醒来便划着桨在寒冷的大洋
空气里，过着第二人生。

愿我们了解贫穷和破烂衣，
愿我们品尝迪林杰 ② 的烟草，
并在海里游泳，
不是总在干土地上行走，
以及，跳着舞，在树林里找到一个救星，
一个黯黑草丛里的家，
和死亡中的营养。

---

① Moors，非洲西北部的穆斯林，为柏柏尔人（Berber）与阿拉伯人的混血后代。
② John Dillinger（1902—1934），美国劫匪，曾抢劫多家银行并杀死多人，被联邦调查局宣布为头号公敌，在与联邦特工的枪战中被击毙。

当哑巴说话

有一个快乐的夜晚我们失去
一切,漂流
如一支红萝卜
起起落落,而海洋最后
将我们扔进海洋;
在那海洋里我们正下沉
好似浮在黑暗之上。
身体愤怒,
驱策着自己,消失在烟雾里:
深夜在大城市里步行,
在基督教科学窗户里读《圣经》,
或读一部布加因维尔① 史:
随后意象纷纷出现——
悲伤的意象,
坟墓中颤抖的身体的意象,
和灌满了海水的坟墓;
海上的火,
船只一般闷烧的尸体,
被虚度的生命的意象,
生命沦丧,想象破灭,
房子已倒塌,
金杖皆断折!
然后健谈者应当沉默
而哑巴将会说话。

---

① Bougainville,巴布亚新几内亚一火山岛,1768 年被法国探险家布加因维尔(Louis Antoine de Bougainville,1729—1811)发现而得名。

我们必须寻求帮助的地方

鸽子回返;它找不到暂歇处;
它整夜飞行在摇荡的大海之上。
在方舟檐下
鸽子会颂扬老虎的床榻;
把和平交给鸽子。
裂尾的燕子在黎明离开窗台;
黄昏时蓝色的燕子将回返。
第三天乌鸦会飞;
乌鸦,乌鸦,蜘蛛色的乌鸦,
乌鸦会找到新泥以行走于其上。

苏醒

我们正接近睡眠：栗子在心里开出花来
混和着痛苦的思绪，
与大麦长长的根，苦涩
如出自把水染黑的橡树根
在路易斯安那，潮湿的街道浸透了雨
和湿漉的花，由此
我们已经到来，一条隧道轻轻驰入黑暗。

风暴将至。明尼苏达的小农舍
几乎不足以抵抗风暴。
黑暗，草丛里的黑暗，树林里的黑暗。
甚至井中的水都在颤抖。
身体释放黑暗，而朵朵菊花
都黯黑，而马匹，背负着大量干草
去到黯黑空气正移出角落的幽深谷仓。

林肯的雕像，和交通。从漫长的往昔
进入漫长的当下
一只鸟被遗忘在这些压力之中，鸣啭着，
当那巨轮回转，碾压
生者于水中。
冲洗，持续的冲洗，在此刻被花朵
和烂木头玷污的水中，哭喊被半
捂住，出自地底，生者终于醒如死者。

雪域中的寂静

(1958—1978)

及相关诗篇

等待夜晚来临

I
我多么渴望夜晚来临
重归——整个下午我坐立不安——
等巨大的星星出现
铺满天际！……星星之间的黑色空间……
等那蓝色退去。

II
我曾背对着窗户写诗，
等待着那黑暗，我记得
从我摇篮中就在留意。
当我走过去开门时，我是
一条鲑鱼越过砾石滑入海洋。

III
一颗星星独立于西方的黑暗之中：
大角星①。身陷于他们的爱情，阿拉伯人称之为
天堂的守护者。我想
早在子宫里我就接收到了
对黑暗天空的渴望。

---

① Arcturus，位于牧夫星座（Boötes），夜空中第四亮的星。

夜晚

I
假如我想起一匹马四处徘徊无眠
整夜在这片月光覆盖的矮草上,
我就感到一份喜悦,仿佛我曾经想
起一艘海盗船犁过黯黑的花丛。

II
我们周围的黄杨长者充满喜悦,
服从它们下面的东西。
紫丁香睡着,植物都睡着。
连被制成一副棺材的木头也在熟睡。

III
蝴蝶正用翅膀将黏土举起;
蟾蜍正用皮肤载送花岗岩的细粒。
树冠上的叶儿正在熟睡
像它根茇处黯黑的泥块一样。

IV
活着的我们像一只光润漆黑的水甲虫,
滑过静寂的水面方向任由
我们选择,而没过多久
就被突然从下方吞噬。

午后降雪

I
青草一半被雪覆盖。
是那种始于傍晚的降雪,
而此刻那些小小的草庐正在变暗。

II
假如我能下探,接近泥土,
我能拾取几抔黑暗!
一种始终都在的黑暗,我们从未留意过。

III
积雪越浓重,玉米秸秆消退得越远,
而谷仓移得离房子越近。
谷仓独自移动在渐强的风暴之中。

IV
谷仓里满是玉米,现在正朝我们移动,
像一艘废船在一场海上风暴中被吹向我们;
甲板上的所有水手已失明多年。

深夜友人来访时

I
我们钓着鱼说着话度过了整个白天。
最后，深夜里，我独坐在我的书桌前，
然后起身出门走进这夏夜。
一只黑东西曾在我身边的草里蹦跳。

II
树木曾在呼吸，风车曾缓慢抽水。
头顶上把雨下在了奥顿维尔①的雨云
曾经遮没了一半星星。
空气曾因它们的雨而依然清凉。

III
现在很晚。
我是唯一醒着的人。
我爱的男人女人正在附近睡着。

IV
人脸会放光当它谈起
靠近自身的事物，装满了梦的念头。
人脸会放光如一片黑暗天空
当它谈起那些困迫生者的事物。

---

① Ortonville，美国明尼苏达州中西部城市。

旧木板

I
我爱看到木板躺在初春的地上：
它们下面的地是湿的，而且泥泞——
也许满是小鸡脚印——
而它们则干燥而永恒。

II
这是人们在远洋轮船甲板上看到的木头，
载我们远离陆地的木头，
有一种用于简单任务的东西的干燥，
像一条马尾巴。

III
这木头像一个人在过一场简单生活，
活过春季和冬季乘着自己的欲望之舟。
他坐在干木头上被半融化的雪包围
像公鸡迈步离开轻轻越过受了潮的干草。

惊诧于傍晚

有未知的尘埃就在我们附近,
波浪撞碎在岸上翻过那座山就是,
树里装满我们从未见过的鸟,
网被黯黑的鱼拽落。

傍晚抵达;我们抬头看它就在那里,
它已穿过群星的罗网而来,
穿过草的薄纱,
悄然行走在水的庇护所之上。

白昼永远不应结束,我们心想:
我们有似为昼光而生的头发;
但,最终,夜晚悄然的水将升起,
而我们的皮肤要看得很远,如在水下。

三种愉悦

I
有时候,乘着一辆汽车,在威斯康星
或伊利诺伊,你留意到那些黝黑的电话线杆
一支接一支将自己从栅栏队列中举起
又慢慢地跃上灰色的天空——
并经过它们,那些雪原。

II
黑暗飘落如雪在已收获的玉米田上
在威斯康星:也降临这些黑树
零零散散,一棵接一棵,
穿过冬日的田野——
我们看到僵硬的杂草和棕褐的断茬,
和如今只留在联合收割机轮轨中的白雪。

III
那也是一份愉悦,开着车
驶向芝加哥,时近天黑,
而看见谷仓里的灯光。
裸树比任何时候都更有尊严,
像一个凶恶的人在他临终的床上,
而沿路的沟渠被一场隐秘的雪填满了一半。

与一友人彻夜畅饮后,黎明时我们乘一艘船出去看谁能写出最好的诗

这些松树,这些秋橡,这些岩石,
这黑暗而被风触摸的水——
我就像你,你这黑暗的船,
漂流在被处处凉泉给养的水上。

在水下,从我儿时起,
我就梦见过奇怪而黑暗的宝藏,
不是黄金或怪石,而是真的
礼物,在明尼苏达的苍白湖泊之下。

今天早晨也一样,漂流在黎明风中,
我感觉我的手,和我的鞋,和这墨水——
漂流着,当全身都漂流,
在肉体与石头的云层之上。

几份友谊,几个黎明,几眼瞥向草地,
几把桨被雪和热所风化,
于是我们漂流向岸,越过冷水,
不再关心我们漂流还是直走。

三节诗

I
哦,在一个清晨我想我会活到永远!
我被裹在我欢乐的肉体中,
像草被裹在它绿色的云团里。

II
起身离开一张床,在那里我曾梦见
漫长的行驶经过城堡与热炭,
太阳快乐地躺在我的膝头;
我已苦受并活过了夜晚
沐浴在黯黑的水中,像任何草叶。

III
黄杨老树的强韧树叶,
扎入风中,召唤我们消失
进宇宙的荒野,
在那里我们要坐在一棵植物的脚下,
并活到永远,一如尘土。

晚间驾车进城寄一封信

这是一个寒冷的雪夜。主街阒无人迹。
唯一移动的事物是雪的涡旋。
当我提起邮箱门,我感触它寒冷的铁。
有一种我爱的隐秘在这雪夜里。
开着车兜圈,我要浪费更多的时间。

驱车驶向拉基帕尔河 ①

I
我正开着车;时在黄昏;明尼苏达。
残梗田野捕获太阳最后的生长物。
大豆在四面八方呼吸着。
老人们在自己宅前的汽车座椅上坐着
在各个小镇。我很愉快,
月亮升到一座座火鸡棚上空。

II
汽车的小世界
冲过夜晚幽深的田野,
在威尔玛 ② 到米兰 ③ 的路上。
这份以铁覆盖的孤寂
穿过夜晚的田野
被蟋蟀的响声刺透。

III
快到米兰,忽然一座小桥,
水就跪在那月光之中。
小镇里房子都直接建在地面上;
灯光四脚叉开落进草地。
我抵达河边时,满月将它覆盖;
几个人在一条船上低声说话。

---

① Lac qui Parle River,明尼苏达河（Minnesota River）的支流,位于明尼苏达州西南部。
② Willmar,明尼苏达州中西南部城市。
③ Milan,明尼苏达州西部城市。

情诗

我们恋爱时,我们爱青草,
和谷仓,和灯柱,
和被弃整晚的窄小主街。

挽着手

挽着某个你爱的人的手，
你看到它们是精巧的笼子……
极小的鸟儿唱着歌
在隐秘的大草原上
也在手的深谷里。

工作后

I
经过许多奇怪的想法,
遥远港口,和新生活的想法,
我进来就发现月光躺在地板上。

II
外面它覆盖树木如纯净的声音,
塔钟的声音,或水在冰层下移动的,
聋子透过他们的头骨听到的声音。

III
我们认识路;因为月光
升华一切,于是在这样一个夜晚
路持续向前,全都清清楚楚。

沮丧

我曾感到我的心跳得像一台空中高悬的引擎,
像那些只在平台上站立的脚手架引擎;
我的身体曾像一台旧谷物升降机挂在我身边,
无用,滞塞,装满了发黑的小麦。
我的身体酸痛,我的生活不诚实,我便倒头入睡。

我梦见了有人朝我走来,带着细线;
那些线,就像火,蔓延进来;这些人是老藏民,
所穿的衣服内有衬垫,用以御寒;
继而三只工作手套,躺着手指连手指,
排成一圈,朝我走来,然后我醒了。

现在我不想看到任何超过两英尺高的东西。
我不想见任何人;我什么也不想说。
我想下去到寂静的黑土中休息。

月亮

整天写诗之后,
我走出去看松树林中的月亮。
远远的在树林里我坐下靠着一棵松树。
月亮将她的门廊转过来面朝光亮,
但她的房子幽深的部分却在黑暗里。

想起杜甫的诗

我起床晚了,问今天必须完成什么。
没有什么必须完成,因此农场看起来加倍地好。
飘摇的枫叶跟移动的草如此相配,
我的写字棚的影子在成长的树旁看着很小。

千万别跟你的孩子在一起,让他们细成红萝卜一样!
让你的妻子去为缺钱操心!
你的一生就像一个醉汉的梦!
你没梳头发已经整整一个月了!

棚屋里的冬季遁世诗

I
大约四点,几片雪。
我在外面雪地里把茶壶倾空,
在新寒中感受喜悦的萌芽。
夜幕降临时,风;
南边的窗帘轻轻摇摆。

II
我的棚屋有两个房间;我用一间。
灯光落在我的椅子和桌子上,
而我飞进自己的一首诗里——
我不能告诉你是哪里——
就仿佛我曾现身于我此刻的所在,
一片潮湿田野中,雪正飘落。

III
更多的父亲每天都在死去。
儿子的时候到了。
点点黑暗汇聚在他们周围。
黑暗呈现为光的雪片。

IV
听巴赫① 的大提琴协奏曲

---

① Johann Sebastian Bach(1685—1750),德国作曲家。

这音乐之内有某一位
并未被准确描述
以耶稣,或耶和华,或万军之主① 的名字。

V
有一种孤寂就像黑泥!
坐在暗中歌唱,
我说不准这份喜悦
是来自身体,还是灵魂,还是一个第三方!

VI
我醒时,新雪已经落下,
我独自一人,却还有个谁跟我在一起,
喝着咖啡,望着外面的雪。

---

① Lord of Hosts,《圣经》中天堂军队之主耶和华。

乘火车经过一座果园

苹果树下的高草。
粗糙而性感的树皮,
那草长得浓密而参差。

我们无法忍受灾难,像
岩石——
赤裸地摇摇摆摆
在开阔田野中。

一下轻微挫伤我们便会死去!
这列火车上我谁也不认识。
一个人沿着过道走来。
我想要告诉他
说我原谅他,说我想要他
原谅我。

身体周围的光
(1967)
及相关诗篇

但这给了我许多沉重的打击，无疑来自对我曾有一份渴望的圣灵，我最终陷入了巨大的悲伤与忧郁，当我眼观这世界的极深处，太阳、星星和云，雨和雪，并在我的意念中冥想这世界的全部创造。

于是随后我在万物中发现了善与恶、爱与愤怒，在理性的生灵中也在树林、石头、泥土、自然之中，在人与动物之中。此外，我也思考了那小小的火花"人"，以及它可能被上帝评判为何物，与这天与地的伟大作品相比。

结果我变得非常忧郁，而写下的东西，尽管我十分熟谙，却无法给我安慰。[1]

雅各布·勃姆

---

[1] 引自德国哲学家、神学家雅各布·勃姆（Jacob Boehme，1575—1624）著作《曙光》（*Aurora*，1612）。

呼叫獾兽

来吧,让我们书写尼亚加拉① 和休伦族② 老妇,
清教徒穿着他们的黑袍,迪林杰③
像一阵黯黑的风。把广告人引进来,
这样太阳炽烈的火炉边上
那个腰臀壮硕的女人,月亮,
便可以回到我们这里,坐在赤裸的木头上
在另一个世界,而壳牌加油站全被折进一道微光。

来吧,让我们书写印第安战士的忧伤,
那忧伤出自那些掘金者的死,
出自洛根④ 独处于家中的死,
与被迫吃掉大熊尾巴的切罗基人⑤。
老人正被驱赶到佛罗里达
像杰罗尼莫⑥ 一样,而年轻人仍在呼叫獾兽
和水獭,独处于南达科他州的群山之上。

---

① Niagara,美国与加拿大之间尼亚加拉河上的瀑布。
② Huron,北美休伦湖原印第安人联盟。
③ 见"一个黯黑草丛里的家"脚注。
④ James/John Logan(1725?—1780),北美印第安人易洛魁族(Iroquois)首领,全家遭殖民者屠杀,在美国独立战争中与英军结盟。
⑤ Cherokee,美国印第安部落,现居于俄克拉何马州及北卡罗来纳州保留区。
⑥ Geronimo(约 1829—1909),美国印第安人阿帕契族(Apache)首领,曾袭击殖民者和美国军队,1886 年投降。

梅里特大道① 上的冻雨风暴

我看窗外覆盖着寂静街道的白色冻雨
当我们驶过斯卡士代尔②——
冻雨是我们离开康涅狄格州时开始下起来的,
而冬叶盘旋在车后的潮湿空气里
像手在一场谈话中突然翻转。
现在严霜几乎已埋没了三月的矮草
看见一片片冻雨在宽阔的街道上不被触及,
我想起众多舒适的家宅绵延数英里,
两到三层,坚固,有抛光的地板,
有白色的窗帘在楼上的卧室里,
和黑色玻璃的小香水瓶在窗台上,
以及有客用毛巾的温暖浴室,以及电灯——
好一个堂皇的所在让一个孩子去长大!
然而孩子们到头来却扎进价格垄断的大河,
或是在疯人院的雪原里。
冻雨降落——那么多车向纽约移动着——
昨晚我们争论过海军陆战队 1947 年入侵危地马拉,
联合水果公司③ 装一个水龙头给两百个家庭用,
和美国的理想,我们批评的自由,
罗马和希腊的奴隶制,而无一达成共识。

---

① Merritt Parkway,康涅狄格州费亚菲尔德(Fairfield)郡一车行干道。
② Scarsdale,纽约州东南部城市。
③ United Fruit Company,1899 年成立的美国热带水果贸易企业。

经理人之死

商贾的增殖已多过天际的繁星。
一半人口像长长的蚱蜢
在白昼的凉爽中睡在灌木丛里:
中午听见它们的翅声,沉闷,贴近地面。
吊车操作员死去,出租车司机死去,暴卒
于他的出租车里。同时,高空中,一名经理人
走在凉爽的地板上,突然坠落。
他梦见自己迷失在山间一场暴风雪中,
他撞上了它,被巨大的机器连夜载送。
当他躺在冬天的山坡上,孤绝而将死去,
一棵松树桩跟他谈起歌德和耶稣。
通勤者在黄昏抵达哈特福德① 像鼹鼠
或野兔从他们身后的一团火中飞来,
哈特福德的黄昏满是他们的叹息;
他们的行列穿透空气像一支黑暗的乐曲,
像号角的声音,成千上万细小翅膀的声音。

---

① Hartford,康涅狄格州首府。

随我来

随我来进入那些已将这份绝望感受了如此之久的事物——
那些被拆下的雪佛兰车轮怀着一腔可怕的寂寞嚎叫,
仰卧在炭渣泥土中,像酣醉而赤裸的人们,
夜里摇摇晃晃下山就为了最后溺死在一个池塘里。
那些破碎的内胎被弃于高速通道的路肩之上,
黑而坍陷的尸体,历经磨难终于爆裂,被留在了身后。
而那些卷曲的钢刨花,散落在车库的长凳之上,
有时还是温热的,抓在我们手里很是坚韧,
它们已经放弃,而把一切都归咎于政府;
以及南达科他州那些在黑暗里四下摸索的道路……

沮丧中写于罗马附近

设若这些漫长的竞逐继续重复自己
世纪接着世纪,活在漆成浅色的房屋中
在海滩之上,
黑蜘蛛们,
已变得苍白而又发胖,
若有所思与家人一起散步的男人,
筋疲力尽的
小提琴身的震颤,
海松的可怕永恒!
有些人抑制不住要感受它,
他们会放弃自己的家
到海洋上系在一起的木筏上生活;
那些岸上的人会进入树干里,
被银行家包围,后者的手指已长得修长而纤细,
正在刺穿腐烂的树皮觅食。

当亚洲的战争开始

有些杀戮的渴望不可以被看见,
或见者仅仅是一个不再相信上帝的牧师,
活在他的教区里就像一只乌鸦在它的巢中。

还有些花朵中心黝黯,
坚不可摧,乌木,玄武岩……

大篷马车驶过,跨越普拉特河①,其内容
瞒着我们,帆布下载运的凶手……

让我们瞥一眼我们不可以看见的东西,
我们的敌人,士兵和穷人。

---

① Platte,美国内布拉斯加州中部河流。

点数小骨头尸体

让我们再点数一遍尸体。

要是我们能让尸体变小有多好,
那些头骨的尺寸,
我们可以让一整片原野变白满是月光下的头骨!

要是我们能让尸体变小有多好,
或许我们可以得到
一年的杀戮在我们面前的桌上!

要是我们能让尸体变小有多好,
我们可以将
一具尸体嵌入一枚指环,当作一件永久纪念品。

对黑发之人的仇恨

我听见赞美冲伯①的声音,和葡萄牙语
在安哥拉,这些是将小乌鸦②剥皮的人们!
我们都是他们的子孙,游荡
在后屋里,用颤抖的手卖着钉子!

我们不信任世上每一个黑发的人;
我们派队伍去推翻约瑟夫酋长③的政府。
我们训练土著用吹镖杀死总统;
我们遣人起松诺亚方舟上的钉子。

国务院漂浮在接近底部的沉重果冻里
像疲惫的甲壳动物,像困惑的乌贼,
向公海发出一束束黑光,
为了大地主而强压他们的兄弟情谊。

我们有紫色光线照亮夜间的丛林,显现
友善的人口;我们在教孩子礼仪
以克服他们对生活的渴望,我们发送
黑光的火星嵌入将军眼里的洞孔。

在五角大楼的所有水泥之下

---

① Moïse Tshombe(1919—1969),刚果政治家,1964—1965年任刚果总理。
② Little Crow(1810—1863),美国达科他州印第安人姆德瓦坎顿达科他族(Mdewakanton)酋长,与白人交战死后被剥下头皮。
③ Chief Joseph(1840—1904),北美印第安人内兹珀斯族(Nez Perce)首领。

有一滴印第安之血保藏在雪中:
隔绝于那条血路,后者曾延伸离开
那围栏,越过积雪,现已消失的路径。

蚂蚁看约翰逊① 内阁

1.
那是森林深处的一片空地：突悬的枝条
造出一个低矮场所。在这里我们白天里认识的公民，
大臣，部门首脑，
显然已经更换：大型钢铁公司的股东们
穿着小木鞋：这里是将军们扮成了欢跃的羔羊。

2.
今晚他们烧毁稻米供给；明天
他们演讲论梭罗②；今晚他们绕树而走，
明天他们从衣服上摘去细枝。
今晚他们扔燃烧弹，明天
他们朗读《独立宣言》；明天他们在教堂里。

3.
蚂蚁被聚拢到一棵老树周围。
汇成一支合唱队它们歌唱，用嘶哑如沙砾般的嗓音，
有关暴政的伊特鲁里亚③ 老歌。
附近的蟾蜍拍着它们的小手，并加入
那些炽烈的歌曲，它们的五个长脚趾在透湿的泥土里颤抖。

---

① Lyndon Baines Johnson（1908—1973），美国第36任总统（1963—1969）。
② Henry Thoreau（1817—1862），美国诗人，作家，哲学家。
③ Etruscan，伊特鲁里亚（Etruria）为位于意大利中西部的古代国家。

牙齿母亲终于赤裸

(1970—1972)

牙齿母亲终于赤裸

1.
庞大的引擎自甲板美丽地升起。
翅膀出现在树木上空,有八百个铆钉的翅膀。

每分钟燃烧一千加仑汽油的引擎席卷泥地的小屋。

小鸡在它们的喙坑里感觉到新的恐惧。
佛与莲花生①。

同时,远在中国海之上,
大而无当的灰色尸体漂荡着,
生于罗阿诺克②,
海洋在两侧扩张,"浮在稠密的海景之上。"③

直升机在头顶鼓翼。死亡
蜜蜂将至。超级军刀④
就像神经质能量的结扫过
环行与返回。
这是汉密尔顿⑤的胜利。
这是一个中央集权银行的优势。

---

① Padmasambhava,8 世纪印度云游僧,藏传佛教祖师。
② Roanoke,美国弗吉尼亚州西南部城市。
③ 美国诗人惠特曼(Walt Whitman,1819—1892)"海上房舱船中"(In Cabined Ships at Sea),《草叶集》(Leaves of Grass)。
④ Super Sabre,1954—1971 年间服役于美国空军的超音速战机。
⑤ Hamilton,位于美国加利福尼亚州中西部的空军基地。

B-52① 来自关岛②。所有的教师
死于火焰之中。托尔斯泰的希望在蚂蚁堆中入睡。
不要求饶。

现在到了审视往昔隧道的时候,
在学校中付出与获取的时辰,
衣帽间里的扭打,
泡沫蹿出他的鼻孔,
现在我们遇到你从死者口中取来的垃圾,
现在我们坐在垂死的人身边,握住他们的手,几乎没有时间再见。
来自北卡罗来纳的上士快死了——你握着他的手,
他知道死者的屋宅是空的,他有一个空的地方
在他之内,造于他父母醉醺醺回家的一夜。
他用自己一半的皮肤来遮盖它,
就像你试图保护一个气球不让锐物刺到……

炮弹爆炸。凝固汽油弹从这头滚到那头。
八百粒钢丸疾飞穿透蔬菜墙。
六小时大的婴儿本能地将拳头放在眼睛上挡开光线。
可是房间爆炸;
孩子们爆炸;
鲜血跃上蔬菜墙。

是的,我知道,鲜血跃上墙——
别哭泣这事——
你哭泣涌出加拿大的风吗?

---

① 美国军队在越南战争与海湾战争期间的一种大型轰炸机。
② Guam,太平洋马里亚纳群岛(Mariana Islands)最大及最南端岛屿,美国未合并领土。

你哭泣泥坑边上晃动的芦苇吗?
海军陆战营进入。
这事发生在季节变化之时,
这事发生在树叶太早开始从树上掉落的时候
"杀死他们:我不想看到任何移动的东西。"
这事发生在冰开始在池塘里露出牙齿的时候。
这事发生在沉重的一层层湖水按下鱼头,将他遭往更深处的时候,他的尾巴在那里慢慢旋转,而他的脑子传给他沉重芦苇的,植被落在植被上的图像……

2.
精良的罗马刀锋沿肋骨滑动。

一个更强壮的男人开始扯起肉条。

"让我们再一次听见,你相信圣父、圣子和圣灵吗?"

一声长啸铺展。

再有。

"从政治的观点上看,民主体制正在越南逐渐建立起来,你不同意吗?"

一只绿鹦鹉在指甲下战栗。
血在口袋里跳。
啸声像一条尾巴一样猛抽。

"我们不要被异议的声音吓阻了我们的使命……"

喷气机的哀鸣
穿刺如一根长针。

3.
那是一种噬死的欲望,
要将它吞下,
要像一条眼镜蛇般张口向它进袭。
那是一种将死收入体内的欲望,
要感觉它在体内燃烧,推出丝绒的毛发,
像一柄衣刷在肠中——

这就是一路引导总统去撒谎的震颤。

现在行政长官进场,新闻发布会开始。
先是总统谎报阿巴拉契亚山脉上升的日期。
随后他谎报芝加哥的人口。
随后是每年在北极捕捞的鱼类数量,
随后是成年鹰的重量,随后是埃弗格莱兹①的面积。
他已获悉匈奴人阿提拉②的真正诞生地,
随后他谎报羊水的构成。
他拥有关于哪座城市是怀俄明首府的隐秘资讯。

他坚持路德③从来不是一个德国人,
并宣布只有新教徒曾经出售免罪符④,
说教皇利奥十世⑤想要改革教会,但自由派异议分子阻止了他。

---

① Everglades,佛罗里达州南部的大沼泽地。
② Attila(406—453),匈奴国王。
③ Martin Luther(1843—1546),德国神学家,宗教改革领袖。
④ Indulgences,由罗马教皇颁发,可免除炼狱中的暂时惩罚。
⑤ Pope Leo X(1513—1521),曾将马丁·路德逐出教会。

说农民战争①是由来自北方的意大利人所挑起。
而司法部长则谎报日落的时间。

4.
这些谎言意味着我们有一种渴望要撒谎。
现在有什么可以把我们留在尘世?
是那种渴望要某人前来抓着我们的手去到他们全都在沉睡的地方:
埃及法老们长眠的地方,还有我们自己的母亲,
和所有那些失踪的孩子,他们曾在小学里随着铃声跟我们走来
　　走去。

不要对总统发怒——
他正渴望着要把死发绺抓在手里:
要与自己的孩子相会,死去的,或从未出生的……

他正侧身飘向尘封的所在。

5.
这就是看着高度计的指针发疯的样子

男爵25,这是81。该地区有任何友军吗? 25回81,友军否
　　定。我希望你干掉位于我的烟迹以东和以西两百米以内
　　那些树林里尽可能多的架构。

俯冲,绿色的地球摇摆,脸颊退后,红色图钉在我们前面绽
　　放,20毫米加农炮火,平铺,稻田像电线杆一般疾掠
　　而过,浓烟升起,茅舍的屋顶像着陆场一般巨大地压上

---

① Peasants' War,1798年南尼德兰(今比利时、卢森堡与德国一部分)农民反抗法国占领者的起义。

来，枪弹涌入，一半的茅舍着火，小小的人形奔跑着，棕榈树燃烧着，疾掠而过，又再往上；……蓝天……云山……

这就是拥有一个国民生产总值的样子。

那是因为我们让那么少的女人在后屋里抽泣，
因为我们让那么少的儿童脑袋被高速子弹击碎，
因为我们让那么少的眼泪落在我们自己手上
甚至超级军刀都转身尖啸坠向地球。

6.
一辆汽车正驰向一道岩壁。
脸上的线条开始爆裂。
我们感觉就像轮胎在重型汽车之下被滚过道路。

少女想象自己正飘过七大天体。
烤箱门被发现
开着。
煤烟汇集到门框之上，生孩子，上课，发疯，然后死掉。

7.
我知道书籍厌倦了我们。
我知道他们正用铁链把《圣经》绑在椅子上。
书籍不想再跟我们待在同一间屋内。
新约正在逃亡……扮成女人……她们在天黑后溜走。
而柏拉图！柏拉图……柏拉图
想要赶紧回溯时光之河，
这样他才能最终成为一团海肉腐烂在一个澳大利亚滩头。

8.
为什么他们正在死去？我已将这写过那么多遍。
他们正在死去因为总统已经再次打开了一本《圣经》。
他们正在死去因为黄金矿藏已在肖松尼印第安人①中被发现。

他们正在死去好让山影在下午继续东落，
好让甲虫可以沿着地面在落下的嫩枝边上移动。

9.
但假如那些被我们点着了火的孩子里有一个曾经来到近前，
曾经冲你而来像一座灰色的谷仓，行走着，
你会嚎叫如一个飓风中的风洞，
你会用蓝色的双手撕扯你的衬衫，
你会驶过自己孩子的手推车试图后退，
你双眼的瞳孔会发狂——

假如一个孩子曾来串门浑身燃烧，你会在一个草坪上跳舞，
尝试着跃到空中，把手戳进你的两颊，
你会把自己的头对着你卧室的墙壁猛撞
像一头公牛被关在自己喜怒无常的畜栏里太久——

假如那些孩子中有一个曾经冲我而来双手
举到空中，火顺着两肘腾起，
我会突然回返到我的动物大脑，
我会四肢着地，尖啸着，
我的声带会烧蓝；你的也会；
要再过一个月我才能再跟我自己的孩子们玩。

---

① Shoshoni Indians，主要生活在美国西部。

10.
我想在太阳斜过雪地的光线里睡一会儿。
不要叫醒我。
不要告诉我有多少悲痛在内含天然油脂的树叶里。
不要告诉我有多少孩子已经落生长着树墩似的双手。
那些年我们都活在圣奥古斯丁① 的阴影里。

告诉我从不安宁的风中摇摆的黄水仙花上掉落的灰尘的消息。
告诉我每天依然穿过蚯蚓的巴比伦思想微粒的消息。
不要告诉我"不读书的骇人劳工"的消息。

现在整个国家开始旋转,
共和国的末日爆发,
欧洲前来复仇,
满身欧洲毛发的狂兽冲向门多西诺郡② 的台地灌木丛。
猪猡冲向悬崖。
下面的水域分离:在一个大洋中发光的球体漂起(其中有毛
　　而迷醉的人们);
在另一个大洋中——牙齿母亲,终于赤裸。

让我们将汽车驶
上
光束
去往星星……

然后回返蜷缩在一滴汗珠里的地球
它滚落
自绑在火中的新教徒的下巴。

―――――――――――
① St. Augustine(354—430),出生于阿尔及利亚的古罗马哲学家,神学家。
② Mendocino County,位于加利福尼亚州西部。

雷耶斯角[①]诗篇
(1974)
及相关诗篇

---

① Point Reyes,加利福尼亚州北部突入太平洋的海角。

十一月在麦克卢尔海滩①的日子

独自一人在麦克卢尔海滩南端的巉岩之上。天空低沉。海洋变得越来越私密，当下午继续；天空下探得更近；未被察觉的水涌向视界线——夜晚一座山谷里的奔马。浪涛撞碎岩石；我发现海藻的旗帜在风蚀的崖顶，高四十英尺，是一夜间甩上去的；被分离开来的水仍洼集在那里，像在翻腾的波澜之上飞得落寞，凄凉而又欢愉的绿嘴黑鸭，从不"自伤自怜"，也"不醒着躺在那里哭泣自己的罪孽"②。在它们的血液细胞里兀鹰滑行伸长毛茸茸的脖颈，扫视着荒漠寻找生命的迹象以便终止。我们需要哭泣的不是我们的生命。在我们之内有某种秘密。我们正循着一道狭窄的壁架环绕一山而行，我们正驾着骷髅般诡异的舰船驶过高涨的海洋。

---

① McClure's Beach，即 McClures Beach，位于雷耶斯角海岸西北端。
② "它们不醒着躺在黑暗里哭泣自己的罪孽"，惠特曼"我自己的歌"（Song of Myself），《草叶集》。

海星

正是低潮。雾。我已从皮尔斯牧场①攀下悬崖来到潮汐池塘。此刻是低潮的迷醉,跪下来,独自一人。在六英寸的清水里我注意到一枚紫色的海星——有十九条手臂!那是一种细腻的紫色,老式复写纸的颜色,或一件阁楼服装……在臂间的蹼上时不时有一道更强烈的日落红透射而出。手指松弛……有些在尖端蜷起……有精微的枝杆……显然每一根顶端都是球状,像在世界博览会上一样,四下飘摆。海星缓缓移上岩石的拱沟……然后退下……现在它的手臂很多都卷了起来,懒懒地,像一条仰卧的小狗。一只手臂特别活跃,在自己身体上弯起仿佛一头恐龙正瞧往身后。

它移动得多么缓慢又均衡!海星是一道冰川,一年走六十英里!它移过粉红色的岩石,以我看不见的方式……入于不可思议地漂浮着的精微褐色杂草之中。它约为一个桶底大小。当我伸手触摸它,它先绷紧随后慢慢放松……我抓住一臂迅速抬起。底面是一种淡淡的棕黄……渐渐地,在我观看之时,成千根细管开始从整个底面升起……数百根在嘴里,数百根沿着十九个腋窝……都在寻找着……感触着……就像一个男人在寻找一个女人……细小的脑袋盲目摸索着一块岩石而只找到空气。一道紫边顺着每一臂的下侧延伸,上有更淡色的管子。大概是它移动的脚。

我把他放回去。他展开——我已经忘了他曾是多么紫——并滑下他的岩石拱沟里面,蜗牛般的触角飘摆着仿佛什么也没有发生过,也的确没有发生。

---

① Pierce Ranch,雷耶斯角半岛上的牧场,建于 1858 年。

1970 年驾车西行

亲爱的孩子们，记不记得那个早上
我们爬坡驶进了老普利茅斯 ①
并向西直奔太平洋？

我们那时就是那时的所有人。
我们跟随迪伦 ② 的歌曲一路西行。
那是七零年；战争已经结束，差不多；

我们正开车驶向大海。
我们已经关掉了农场，蜷缩在
襟翼之内，正吃着

距离的蜜与那里这个词。
哦噫，我们就要飞
下来坐着轻松的椅子 ③。我们将这

唱了又唱。正是七十年代
初期的样子。我们并没害怕。
世界已经开了一个洞。

我们在拉斯维加斯欢笑。
那时有足够的快乐
给我们所有人，而在我们前面

---

① Plymouth，马萨诸塞州东南部城市。
② Bob Dylan（1941— ），美国歌手，歌曲作家。
③ 鲍勃·迪伦《你哪儿也去不了》（*You Ain't Goin' Nowhere*），1967 年。

是海洋。明天是
我的新娘要来的日子。①
那时战争已经结束,差不多。

---

① 同上页注③。

有我小儿子的登山幻象

我们开始往上走。一路上他都抓着我的手。有时他落在后面俯察一只香蕉蛞蝓，然后感受那蛞蝓是多么孤独，再奔回来。他从没抱怨过，我们径直爬上去了。我多爱跟他在一起！我多爱感受他小树叶般的手环绕着我的手指。他不放手，我们正飞过一团云。山顶上我们窝在几丛灌木下面避风，在女孩们跑开去游戏的时候，他给我讲故事，一个小男孩不愿把头发剪下来交给女巫，于是她把他变成了一段空心圆木！一个男孩和一个女孩走过来，踩到了那段圆木上——圆木便说："噢！"他们再把脚放在上面，圆木又说："噢！"于是他们朝里面看就看见了一个男孩的外套伸出来。一个小男孩在那里！"我出不来，我被变成了一段空心的圆木。"这就是结尾，他说。

然后我回忆起更多一点——男孩和女孩去了一个聪明人那里……他纠正我说，"那是一个聪明的女人，爸爸"，……说："我们怎样才能让他变回一个小男孩？"她说："这是一颗珍珠。如果一只乌鸦问你要它，就把它给他。"于是他们继续往前走。没过多久一只乌鸦过来说道："我能拿走你衬衫上的纽扣吗？"男孩说："好的。"然后乌鸦说："我可以拿走你衬衫口袋里那颗珍珠吗？""好的。"然后乌鸦飞了起来并将一些苔藓抛下女巫的烟囱。烟囱满了，女巫开始咳嗽起来。乌鸦又抛落了更多的苔藓。于是她不得不打开门，跑到了外面！然后乌鸦拿了一只牡蛎，很大一只，从约翰逊牡蛎公司，接着飞到高空，将它正好抛落在女巫的头上。而那就成了她的终结。然后男孩就又被变回了一个小男孩。

山顶的地面荒芜，连绵，险峻——那样不同于一个小男孩的心思。我问他整个行程里他最喜欢什么。他说是贝莎妮（玛丽① 一个八岁的朋友）在躲起来的时候尿尿在她的裤子里。

---

① Mary Bly（1962— ），美国小说家，诗人的女儿。

在利曼陀沙丘① 欢迎一个孩子
　　给弥加②

　　想到一个快要出生的孩子,我弓缩在友好的沙粒间……沙粒爱我们,因为它们爱无论什么缺乏力量的生命,一个四处寻找自己生命的年轻女孩,没有地图,没有马,穿着一袭白裙。沙粒爱无论什么不盲目往前猛冲的事物——我指的是那只鼹鼠,正在他易碎的鼹鼠梵蒂冈门口眨着眼睛,还有那条鲑鱼,一天早晨她的两鳃感觉到芬芳的俄勒冈水流奔涌而下。什么东西似乎爱着这颗被弃于此处银河边缘的行星,还有这个漂浮在子宫太平洋内的孩子,靠近墙壁,耳闻碎浪的轰鸣。

---

① Limantour Dunes,雷耶斯角一海滩。
② Micah Bly(1971—),诗人的儿子。

死海豹

1.

往北走向海角,我遇见一只死海豹。从几英尺远望去,他像一段棕褐色的圆木。尸体仰卧着,才死了几小时。我站在那儿望着他。死肉中一丝微颤:天哪,他还活着。一阵战栗将我穿透,仿佛我房间的一堵墙已经坍塌。

他的脑袋向后拱曲,小眼睛闭着;鳃须时起时落。他快死了。这是油脂。这里仰卧着的是如此高效加热我们房屋的油脂。风吹细沙回转向海洋。靠近我的那只鳍足叠放在胃上,看似一只未完成的手臂,边缘上着淡淡的沙釉。另一只鳍足半搁在身下。海豹皮貌似一件旧大衣,到处都是刮痕——被尖锐的贻贝壳刮的大概是。

我伸手去触摸他。突然他惊起,翻身。他连叫三声:啊瓦啊克!啊瓦啊克!啊瓦啊克!——像圣诞节玩具的叫声。他向我冲来;我骇然疾退,尽管我知道那个下颚并不可能有牙齿。他开始向着大海扑腾。可他却摔倒,脸着地。他不想返回大海。他抬头望天,看上去像个没了头发的老太太。他把下巴放回到沙上,重新安排好他的鳍足,然后等我离开。我离开。

2.

第二天我回去道别。他现在死了。然而并没有。他上岸又走远了四分之一英里。今天他更瘦了,肚子朝下蹲伏着,头往外伸。肋骨更加显露:背上皮层下面的每段椎骨都可见,亮闪闪的。他吸进又呼出。

一排浪涌过来,触及他的鼻子。他转头看我——眼睛斜着;他的头冠貌似一个男孩的皮夹克伏在某辆自行车把上。他正在花很长一段时间去死。鳃须白如豪猪的刺毛,额头倾斜……再见了,兄弟,死在浪声里吧。宽恕我们如果我们杀死了你。你的种族万岁,你的内胎种族,在陆地上如此不适,在海洋里如此舒适。那就在死亡里舒适一下吧,那时沙子会喷出你的鼻孔,你可以在漫长的环中游过纯粹的死亡,躲到下面,当杀戮在你上方爆发。你不愿被我触摸。我攀上断崖走另一条路回家。

一头章鱼

我听见一阵啪嗒响在太平洋的石头之上。一个白色形体正在海岸毛茸茸的空气中移动。月亮狭窄,大海沉静。他来到近处;很长一段时间那棍子在岩石表面上啪嗒个不停。是一个因冻雨而惆怅的邮局雇员么?它来到更近处。我说话。那形体说话,是一个日本人拿着一支矛和一个大肚子的小口袋。矛的末端有一个钩子。你在找什么,蛤么?不是!章鱼!

你有抓到吗?我找到了三只。他坐下。我起身走过去。我可以看看它们吗?他打开塑料袋。我打开手电筒。某样潮湿,奇妙,子宫一般,马肠一般的东西。我可以拿一下吗?他的声音透出笑意。怎么不行?我伸手进去。干燥的东西粘在我手上,像来自牛蒡的毛刺,强迫,恳求,干燥,贫乏,负债。你烫煮它们,然后煸炒它们。我审视而找不到眼睛。他是一个厨师。他曾在日本吃它们。

所以那章鱼现已远离了细瘦的月下那座有低矮顶盖,满是贻贝的浅滩,他曾在其中等待的水池,可是大海再没有回来过,无人回过家,门从未打开过。现在他被装在塑料袋中拿走,不获理解,懵懂无知。

冰球诗
　　给比尔·达菲①

1.
守门员

　　波士顿学院队金盔齐上,盔下罗马百夫长的黑色长发盘卷而出……他们开始。守门员戴着他们的非洲面具相貌多怪异!守门员毕竟是那么寂寞,守着个空无一物的篮子,他宽宽的小腿宽得像鸭子腿……无论给他什么礼物,他总是拒绝……他有一个号码比如1,一个名字比如姆拉泽克②,有时支起腿摇晃着等待冰球,或者像一个婴儿在子宫里那样蜷缩起来抓住它,在冰上待一秒都太久。

　　守门员曾经出走到中场,而现在他忧伤地滑回他自己的门区里,慢慢悠悠;他拖着那两条犀牛腿看似来自史前;他看起来仿佛就要灭绝一般,而他不过是在消磨时光而已……

　　当球手们都在另一端时,他开始忧伤地打扫着自己屋前的冰;他是树林里的老巫婆,在等孩子们回家。

2.
进攻

　　他们一齐回身向我们急冲而来,突然间,膝盖垂落如油井;他们向着我们狂奔,脚蹼摇摆,他们是游向我们的狗鱼,他们的鳃鳍扩张如歌剧演唱家的胸膛;不,他们是十二只手在同一张纸上练习书法……

---

① Bill Duffy,勃莱的友人,两人合作编辑了文学刊物《五十年代》(*The Fifties*)及《六十年代》(*The Sixties*)。
② Mrazek,捷克姓氏,或指 Jerome John Mrazek(1951—),加拿大职业冰球守门员。

他们像鸟一样疾落到院子里飞向我们，成双成对地旋转着，鹰追赶老鼠，驰下风的山谷，来回旋转如变形虫在苍白的载片之上，当它们翱翔在水和身体的绝对自由里，不为困扰的意念所动，只有身体，张开翅膀仿佛没有坟墓，没有重力，只有鸟儿在遥远深林中的小屋上空翱翔……

　　此刻守门员绝望……他狂眇一眼左肩，冲向自己洞穴的另一侧，像一只母鹰见自己的雏儿被两条蛇抓走……突然他扑倒在冰上像一个人想要覆盖一整张双人床。他拿到冰球。他站起来，向右转，在适当的时刻将它抛落到冰上；他把它留给他的一个雏儿，一只母鸡捡起一粒种子然后再抛下它……

　　但是人们都太笨拙，他们都追踪不到冰球……不，那是冰球，冰球太快了，对于人类来说太快了，它不停地羞辱他们。球手们像是集市上的乡下男孩盯着骗子——冰球总出现在错误的胡桃壳下面……

　　他们沿着冰场重又袭来，这回是一个人引导着冰球……而莱丁厄姆①美丽地降临，像独木舟穿过白色水域，或是爱者逆流而上，每一划都恰好，像种马驰上山谷被他的牝马和马驹包围，多么美丽，像身体和灵魂在一首诗中穿行……

3.
搏斗

　　到位的球手暂停，瞄准，暂停，将自己的球棍在冰上捣，而当冰球进门时一声呼鸣！守门员站起来一脸憎恶，将冰球抠出……

　　持一根断棒的球手回旋接近笼子。当赛势转变，他滑向他被关禁闭的队友们，后者看似一窝兀立的猫头鹰，猫头鹰幻仔，而他们向他递出一根棍子……

　　随后球手们撞在一起，他们的冰球棍像龙虾螯爪一般耸

---

① Walt Ledingham（1950— ），美国职业冰球选手。

起。他们以慢动作搏斗，仿佛在海底……他们是为原来某个汽车旅馆里的女人而搏斗，却像龙虾一样他们把自己为何而战忘个精光；甲胄的铿锵令他们分心，他们感到一份纯粹的暴怒。

或者一名斗士滑向惩罚区，在那里十岁男童们等待与那罪犯，即他们的英雄坐在一起……他们知道社会错了，狱警错了，法官仇恨个性……

4.

守门员

而这个人戴着帽舌面具，开有狭缝，他多么的不可思议，像一只白色昆虫在此生放弃了进化；他的族属希望在死后进化，在坟墓里。他作为一名黑暗时代①骑士是不祥的……这个黑王子②。他的敌人在白昼击败了他，但他们每个人都在那天夜里死在了他们的床上……在他父亲的葬礼上，他将自己的头挟于臂下。

他是鞋中的老妇人③，她的房子从不干净，无论她做什么。也许这个门将根本不是一个男人，而是一个女人，所有的女人；在她的笼子里一切最终都消失不见；我们全都渴望着它。所有这些在冰上的运动都将结束，座位将落下，体育场的四壁空荡……这个戴面具的门将是一个女人在为一众男人孩童哭泣，后者被草一般割刈，冷脚站在冰上的鸥鸟……而到最终，她仍在等待，对树叶置之不理，等待着由速度，由战争养成的新孩童……

---

① Dark Ages，欧洲从罗马帝国灭亡至公元 10 世纪的历史时期。
② Black Prince（1330—1376），即吾德斯托克的爱德华（Edward of Woodstock），英格兰国王爱德华三世（Edward III，1312—1377）的长子，因在战斗中穿黑色甲胄而得此绰号。
③ 出自 18 世纪童谣"有一个老妇人住在一只鞋里"（There was an Old Woman Who Lived in a Shoe）。

坐在肖湾①的某块岩石上

我坐在一个断崖窟窿里,被化石和毛茸茸的贝壳包围。大海吐息又吐息在新月之下。突然它涨起,驰入岩架之间的长罅,它涨起如一个女人的肚子仿佛九个月已在一秒中过去;涨起如奶水涌向细小的脉络,它满溢如一条蛇翻过一道低墙。

我心生感觉在我皮下半英寸有游牧部落,绑腿的男子带着火棍和大眼睛的婴孩。转身背对我的岩石里面有某种灵性。在这些岩石上我不惧怕死亡;死亡就像我们飞行时一架飞机的马达声音一样。而我仍未找到我在某个前生里曾经爱过的女人——我怎么能够,毕竟我在这块岩石上只爱过两次,尽管有两次在月亮上,还有三次在涨潮的水中。我的两个女儿奔向我,笑着,手臂举在空中。一只长翼的鸟儿在暮色里向我飞来,就在渐暗的波浪上起起落落。他已飞行环绕了整个星球;这已花费了他几个世纪。他回到我这里是瘦腿的奔跑者边笑边跑过线状的草丛,把我的纽扣,和我汗衫的柔软袖子归还给我。

---

① Shaw Cove,位于加利福尼亚州拉古纳海滩(Laguna Beach)。

看着我手中一只死鹠鹩

原谅听无线电花去的钟点,和我没对老师说过的感激之词。我爱你细小米粒般的两腿,那是一座空教堂里奏响的音乐的小节,和阴柔的尾巴,那里从没睡过帝国的虫豸,和招引泪水的浓烈黄色胸部。你的尾羽打开如一道尖桩篱栅,你的喙是褐色的,有一个拉比①的悲伤,他的女儿嫁给了一个运动员。你头上的黑点是你自己的殇冠。

---

① Rabbi,犹太教学者或教师,尤指犹太教律法研究者或传授者。

一棵空树

　　我俯身凑近一棵老棉白杨的空树桩,依然立着,齐腰高,往里面看。早春。它的暹罗庙墙全都棕褐而古老。厅堂已被错综纠缠的种种加工完毕。在空墙内有隐私与秘密,黯淡的光。然而某个造物已在这里死去。

　　在庙宇地板上羽毛,灰的羽毛,其中很多都有一道带凹槽的白尖。很多羽毛。在寂静中很多羽毛。

八月的雨

一个半月无雨之后，终于，在八月末，黑暗降临于下午三点，一道欢快的响雷开始，接下来就是雨。我在外面一张桌子上放一个玻璃杯来测雨量，随后，突然间有了兴致与温情，便到屋里去找我的孩子。他们在楼上，在他们满是洋娃娃的房间里自顾自静静地玩着，挂起图片，有意地把"让他们开心的小东西"从房间一边挪到另一边。我感到欢欣鼓舞，对金钱无所求，远离坟墓。我走过草地，望着湿透的椅子，和清凉的毛巾，俯身坐到我的前廊上，随身拖出来一把椅子。雨水渐浓。它滚下门廊屋顶，在我身边积起一个大水洼。水泡滑向洼边，变得拥挤，随后消失。黑土变得更黑，它吸入雨的细针不发一声。天空低沉，万物岑寂，就像父母生气时一样……已然失败并被原谅的事物——来自去年的树叶无以为继，躺在地基边上，在门廊下阴干，退入阴影之中更深，它们发出一阵微弱的嗡鸣，仿佛出自鸟的蛋卵，或一条狗的尾巴。

我们越老就越失败，但我们越失败就越感觉自己是宇宙这枚枯死的稻草的一部分，堆着二十年牛粪的谷仓角落，单身汉在开往城市的救护车中死去之后被弃挂在椅背上的皮带。这些物品骑在我们身上就像抓着狗毛的孩子一样；这些物品出现在我们的梦中；它们离我们越来越近，从护墙板上慢慢地凑过来；它们令我们的行李箱沉重，在旅行之间堆积不停；它们抵靠着船身，会轻轻捅开那个让水最终进入的洞孔。

对读者的警告

有时农场的谷仓变得特别美丽,当所有的燕麦或小麦都没了,风已将粗糙的地面打扫干净。站在里面,我们看见在我们周围,从收缩的墙板缝隙透入,一道道或一束束的阳光。于是在一首关于监禁的诗中,看得见一点光明。

然而多少飞鸟已陷身这些谷仓而死。鸟儿,看见那一道道光带,就扑上墙头又掉落回去,反反复复。出路是老鼠进入与离去的通道;但老鼠洞很低靠近地板。作家们,因此慎勿呈现墙上的阳光而向焦虑惊慌的黑鸟应承一条出路!

我对读者说,当心。热爱光明诗歌的读者可能会曲身坐在角落里一连四天胃里空空如也,光明渐黯,两眼无神……他们到头来可能会是一堆羽毛跟一个头骨在空旷的板木地面上……

一块紫水晶

　　举到窗光之前紫水晶内有优雅的长廊，收发光线。它诸多平面的规整意味着企图永生是没用的。它的外部参差不齐，但在内宅中一切都井井有条。它的长廊成为壁架，彼此交汇的牢固思想。

　　这块紫水晶是一件凉爽的事物，硬如一条龙的舌头。全人类的睡眠时间都藏在那里。当手指将块石收入掌中，手掌便听见风琴乐，令全体会众的罪行回响的低音符，并以一丝怀疑捕获五英里外的犯人。

　　凭借它的所有平面，它一次将四到五张脸转向我们，四五种意义进入意念。我们身为孩童曾经感到过的欣喜回返……我们感觉到风在脸上当我们下坡，雪橇的速度渐起……

睡者挽着手

(1973—1986)

1926 年 12 月 23 日

我生于夜海旅行之际。
我爱鲸鱼和他温暖的风琴管
在杀死老鼠的水域中,我爱人们在漂泊中
沉睡,一连三晚,在章鱼水域。
身着皮衣的人们集木,将大块靠墙堆放。
我爱雪;我移动时需要隐私。
我独自一人;乘烹锅漂行
在海上,整夜我都是独自一人。

一场对话

判断
医生抵达注射电影明星以防震颤性谵妄。
多少次在马鬃上平静的手正在颤抖。
他的头发垂落像一个滑雪者的头发在一次摔倒之后。
来自一道漩涡黑色的水滴飞起,
而千千万万年掠过——
像一道核桃壳的无限序列。

三十年来掉落到理发店地板上的那堆头发
在别的地方继续活着比死亡更长久。
而那些鞋带,闪亮而扭曲,被我们扔到一边,
继续活在它们的位置,而河马群抵达;
刚刚死去的膝盖,和一根鞋带尖继续将它们送入火中!

亲缘
我说丛丛头发哭泣。
因为头发并不渴望浩瀚的形态;
头发不恨穷人。
头发是仁慈的,
就像夜晚的拱门让少年歌手游荡而回一身酣醉。
头发易于兴奋就像一个四五岁的孩子。
它是一张睡者躺卧的吊床,
晕眩于炎热和大地的运动。

有金色图钉躺在办公室抽屉里,
它们的面孔闪耀着权力。它们闪耀

如圣徒在卧榻上熠熠生辉的颧骨,
或他们点亮整个房间的大脚趾!

判断
菲利普亲王①变得易怒,皇家跑车
驰过窄路;
朱迪·加兰②歇斯底里中被引向墨尔本飞机。
将军加入耶和华见证会③。

有些人眼望,却找不到路,
并将黑肉颗粒咳到邻家屋顶上而死。

一直在巴尔的摩排屋下冥想伯顿④的《忧郁》⑤的钉子头
滚到外面街上的轮胎下,
碰上国务卿
正当他启程去威胁不发达国家的总理们。

那么多事物被世界,
被坏运气击垮,被多年的死亡毁掉的尸体,
被污泥的碎片堵塞的静脉,
死亡之际蝙蝠逃离的嘴,
重生为黑鲸在北极冰下巡游的商人。

---

① Prince Philip (1921—2021),英国女王伊丽莎白二世 (Elizabeth II, 1926—2022) 的丈夫。
② Judy Garland (1922—1969),美国女演员、歌手。
③ Jehovah's Witnesses,否认三位一体的基督教复原主义教派,源自19世纪,1931年正式创立于匹兹堡。
④ Robert Burton (1577—1640),英国作家。
⑤ Melancholy,即伯顿《忧郁的解剖学》(The Anatomy of Melancholy,1621年)。

亲缘

我说没事。尘世有毛发大教堂。
牧师沿着过道而来身穿毛虫皮草。
在他的布道中蟾蜍将骑士打败。

垂死之人挥手送走他的儿子。
他要他的儿媳妇凑近过来
这样她的头发就会落在他脸上。

参议员的飞机落进马萨诸塞一处果园。
还有痛苦的所在,滨鹬
将黶黑的果核留在锯末里……
让猛犸由此脱走的角刃缺口。

悼念背叛

我在悼念一桩谋杀;我干的一桩。
我透过窗户瞭望水中的电线杆。

我伸手去拿笔记本,在火车上坐起。
我打开灯;我写下我的誓言。

火车在夜里穿过路易斯安那州。
我的呼吸变得缓慢而沉重,陷入忧伤。

背叛者在初春之夜离开了花园。
他以自己的怜悯为食,并因此而发胖。

奥林和他妻子,躺在光的床垫上酣睡,
醒了;我梦见我把头放在他们中间哭泣。

从下面很远处涌起,流水诞生,
在岩石滨岸上分发着白色的丧服。

中国陵墓守卫

哦是的,我爱你,我的忏悔之书,
书中曾被吞食,推开,沉落,
被压抑之物,开始从地上升起
又一次,还有来自井中的狂与怒。
被埋葬者仍被埋葬,像母牛整个冬天
啃食一个坍塌的草堆想要脱身。

我体内某样东西仍禁锢在冬天的稻草里,
或远在查理曼① 长眠的山中,
或在难以到达,由女性守护的水下。
从那地方冒出来的东西足以黯灭我的诗篇;
或许太多了;而留在那底下的东西
在枯叶中发出一道微弱的毫光。

我复活了不到一半。我看见我在书写时
已经多么小心地掩盖了自己的踪迹,
我已经用自己的尾巴多么干净地拂去了往昔。
两张脸从浅水里望向我,
在我将他们推落的地方——
被推入了黑暗的父亲和母亲。

在我的野心和孤寂中我是什么?
我是灰尘将大洋底下的裂缝填满。

---

① Charlemagne (742—814),又称查理大帝 (Charles the Great),法兰克人加洛林王朝 (Carolingian Dynasty) 的国王,曾征服西欧大部。

漂游如一尾刺鳐，习惯了承受
大洋底部的重量，退入一个洞穴，
我像一只蜥蜴或一条有翼的鲨鱼一样活着，
时时疾射而出去伤害他者，或取食。

我们又怎知隐蔽之物究竟会不会升起？
我们又怎知被埋葬者会不会被揭露？
有的存在物开始习惯了下面的生活。
有的梦想不愿迁居进入光明。
有的愿意，但它们不能；它们找不到出路，
因为有人正守卫着门柱。

你见没见过那些中国陵墓守卫
被留在紧闭的门前？他们举一膝而立；
他们半立，半舞，半怒，半吼——
脾气火暴的肌肉大汉，巨膝须眉大汉。
他们怒目以对半复活者直到永恒。
你有什么能过得了他们这关？

在两个世界里爱一个女人
(1978—1985)
及相关诗篇

第三个身体

一个男人和一个女人坐着靠近彼此,他们此刻
并不向往更老,或更年轻,或出生
在任何其他国度,或任何其他时代,或任何其他地方。
他们满足于在他们的所在,无论交谈或不交谈。
他们的呼吸一起喂养我们不认识的某人。
男人看见自己手指移动的方式。
他看见她的手拢住她递给他的一本书。
他们服从他们共有的第三个身体。
他们已经答应要爱那个身体。
老年或许会到来;分离或许会到来;死亡定会到来!
一个男人和一个女人坐着靠近彼此;
当他们呼吸时他们喂养我们不认识的某人,
我们有所耳闻,我们从未见过的某人。

槽边的马匹

每一道吐息,被恋爱的
男人,和恋爱的女人吸入,
都将灌入那个水槽
精神的马匹在那里畅饮。

整个潮湿的夜晚

维京舰船驶入拥挤的港口。
身体在远海遇见自己的妻子。
它的灯盏在整个潮湿的夜晚一直亮着。
水倾泻而下,水声里微渺的笛音。

夜蛙

我醒来发现自己在树林里,远离城堡。
火车在夜间掠过寂寞的路易斯安那。
睡者翻身对着墙;精巧的
飞行器向地球俯冲。

一个女人对我低语,催我说出真相。
"恐怕你不会诚实待我。"
大半个月亮在阴影里转动。
潜鸟盘旋鸣声穿透低浅的水体。

某个看不见的有蹄生命践踏
青草在马匹酣睡的时候。
某样扁平的东西滑过门底
一清早躺在地板上筋疲力尽。

我十岁时扔掉了我的某些部分,
另一些在二十岁,很多在二十八岁前后。
我想要弄细自己像一根电线做得很细。
现在说实话还有没有足够的我剩下?

蜥蜴僵硬地挪步穿越十一月的道路。
多么强烈啊我牵挂我的父母!我走来
又走去,望向那座旧楼台。
夜蛙释出行星转动的呱哑之声。

冬季诗篇

冬季蚂蚁微微颤抖的翅膀
等待羸瘦的冬季结束。
我以缓慢、蠢笨的方式爱你,
几乎不说话,就一两个词。

是什么令我们各自隐藏起来活着?
一道伤口,风,一个词,一个父辈。
有时我们以一种无助的方式等待,
别别扭扭,不完整也未治愈。

当我们藏起了伤口,我们便从
一个人类倒退成为一种有壳的生命。
现在我们感觉到蚂蚁的坚硬胸口,
那副甲壳,那沉默的舌头。

这必定就是蚂蚁的方式,
冬季蚂蚁,那些受伤
而想要活下去的一切的方式:
要呼吸,要感知另一个,要等待。

在海洋正中

整天我曾在一场热病中爱你,紧抓着马尾巴。
我曾满溢而出每当我伸出手去触碰你。
我的手曾移行在你的身体之上,被
它的衣衫遮掩,
燃烧着,粗蛮,这手是一只动物的脚移行在树叶之上。
暴风雨退去,云开,阳光
滑行在海洋水面之上距陆地一千英里。

听科隆音乐会

在我们热切相爱之后
我们听到了音符翻滚在一起,
在晚冬,我们也听到了冰
从细枝的末端掉落。

音符在移动时舍弃那么多。
它们是未吃的食物,未享的
舒适,未说的谎言。
音乐是我对你的专注。

而当音乐再次到来,
那天较晚时,我看见了泪水在你眼中。
我看见了你把你的脸转开去
这样别人就看不见了。

当男人和女人走到一起,
他们必须要舍弃多少!鹪鹩
筑造它们的巢用艳丽的丝
与线头,动物们

每年都舍弃它们所有的金钱。
男人和女人留下的是什么?
比鹪鹩的所为更难,他们必须
舍弃他们对完美的向往。

内在的巢非由本能筑就

永远不会是浑圆的,
并且各自都必须进入
由另一只不完美的鸟筑就的巢。

三三两两的情诗

这些都是
什么人?有的结结巴巴
说起土地,有的
一无所求而只要光——
并无房屋或土地
为一个女人而被丢弃,
并无充裕的鲁莽。
我多么需要
一个女人的灵魂,感觉
就在我自己的膝盖,
肩膀和双手之中。
我生而悲伤!
我是一头北方的山羊
来自冬日之光,
在深及我膝的雪中。
站在你身边,我
快乐如蛤贝
正值高潮,怪异地
满足就像多情的
海洋之枭。

睡眠之诗

"然后那伪装成一头海豹的闪亮存在便潜入了深处的波涛。"
我们睡着后我继续爱着你。
我认得我们整夜坐着眺望咸味大海的窗台,
和我们在光滑中航行过海的开阔所在。

而那狡猾的猎人又在哪里?我的实际部分?
哦他离去已久,散落在无畏的草丛间。
他不知道的那一个依然漂浮与警醒整夜;
那一个躺在发光的巨石上,下潜,他的外套光滑,他的眼睛睁开。

欲望之马

"昨天我看见一张脸
在放光。"
我写这句是第一次
看见你的时候；现在
那天早上写下的诗行
都二十岁了。
那究竟是什么
我们看见又看不见?

当一匹马摇摆
他的头，多么轻松
他的两肩跟随。
当合宜的事情发生，
全身都知道。
铺满石头的道路
变成一条柔软的河
移行在芦苇间。

我爱你在那些芦苇丛中，
也在那儿
加速的鲈鱼里。
我的爱就在吞噬
流水的魔鬼里，
我的欲望在它们肿胀的
前额里正探
出树林朝向尘世。

我两腿之间的熊
只有一只眼睛
他将它奉献
给上帝用来观看。
下面那两个根本没有
眼睛的生灵爱你
以缓慢持久的
盲人的强度。

与一个多年未见的圣女的交谈

这么多年之后,我向你走来。
你说:"这么久之后你才来?"
我没办法来得更早。我的破嘴,
渴如深穴,吃掉了向往的种子
它本该播到地里的。尴尬而困惑,
毫不真诚,我睡去。我梦见了沙子。
你的眼睛在悲伤中并无笑意。
我说,"这么多年之后我来了。"

两个中年恋人
　　一幅丢勒①的蚀刻

男人和女人在一棵树下徘徊,
清醒地,站在他的马边。
男人和女人听见喃喃低沉的言语
由直觉造给直觉。
他们的独木舟驰过狭窄的河道;
登山者一块岩石接一块岩石攀上山坡。
牦牛,长毛飘摆,消失进风暴里。

---

① Albrecht Dürer(1471—1528),德国画家,数学家,神学家。

在多雨的九月

在多雨的九月,当树叶向下长进黑暗里,
我低下额头探向潮湿、海藻味的沙子。
时间已到。我已将选择搁置了很多年头,
也许很多辈子。羊齿草除了生存别无选择;
为了这宗罪它接受泥土,水,和夜晚。

我们关上门。"我对你并无所求。"黄昏
到来。你说,"我和你有过的爱就够了。"
我们知道我们可以彼此分开生活。
翘鼻麻鸭浮着水离开鸭群。
橡树在寂寞的山坡上独自脱去树叶。

我们之前的男人和女人早已成就此事。
我会见你,你会见我,每年一次。
我们会是两粒果核,不被种植。
我们留在房间里,门关,灯灭。
我和你一起哭泣没有耻辱也没有荣耀。

靛蓝旗帜

我经常去到门口。
夜晚和夏天。蟋蟀
提升它们的呼鸣。
我知道你出去了
你正驾着车
在晚间穿过夏夜。

我不知道会发生什么。
我对你并无所求。
我是一颗星星
被你当作向导；别人都
爱你，夜晚
那么暗在亚速尔① 之上。

你一直在户外工作，
整个星期都不在。我感觉你
在这盏点得
那么晚的灯里。我伸手过去
我感觉自己
正驾着车穿过夜晚。

我爱你身上的一种坚定
鄙视琐碎平凡
而重拾难为之事。

---

① Azores，大西洋中的火山群岛。

于是你就成为
夜晚之坚定的一部分,
支撑墙壁的花岗岩。

曾有妇女在埃及
用她们的坚定支持星星
在它们旋转之时,
几乎毫不觉察
那流逝,从夜晚
到白昼又回到夜晚。

我爱你在你的去处
穿过夜晚,并不转向,
清晰如那面靛蓝
旗帜在她飞行途中,
越过两
千英里的大洋。

牡丹花开时

当我靠近那朵红牡丹花
我颤抖如水靠近雷霆那样,
如水井在地球板块移动时那样,
或树在五十只鸟一齐离开时那样。

牡丹说我们已获赠了一份礼物,
而且并非这个世界的礼物。
在牡丹的叶子后面
有一个更加黯黑的世界,在养育万众。

驼鹿

北极驼鹿在冻原边沿饮水,
用他的嘴旋转豆瓣菜。
水多么清洌,遥远北方的凉。
一阵轻风穿过深深的冷杉。

公羊

公羊走过薄荷味的新草。
鹰竖起他的肩羽。
两只小鸡羽毛相叠而坐。
就在黯黑的大雪片飘落之前。

苍鹭饮水

那只鸟低头取一些水到它的喙中。
我们接收国家提供不了的东西。
我们渴求那只苍鹭
和那座湖,喙在水上的轻触。

在五月里

在五月里,当所有的树叶打开,
我看见当我行走时万物如何美好地
倚靠着彼此,蜜蜂如何工作,
鱼第一天维生过活。
君王高飞;随后我领悟
我爱你用我内心未完成的事物。

我爱你用我内心仍在
变化之物,并无头或臂
或腿之物,尚未找到其身体之物。
为什么那超凡神异之物,
沦陷在这尘世里,不可以造访
这独居在自己小屋里的老人?

为什么爱蜜的加百列① 不可以,
被奉食以我们自有的小萝卜与核桃?
而爱者,坚韧之人,究竟有多少
他们的圣体尚未出生。
一路上,我看见有那么多
我会想让我们在那里过夜的地方。

---

① Gabriel,《圣经》中的天使长。

一场跟一个我不认识的女人过一下午的梦

我醒来,就走了出去。还不到黎明。
一只公鸡声称他是镰刀月亮。
风车是一架梯子终结于一朵灰云。
一台饲料粉碎机正朝附近一家农场低吼。

霜冻一夜之间已铺开了杂草的层云。
在我的梦里我们稍停来喝咖啡。我们单独坐
在一个火炉边,靠近精致的杯子。
我曾爱过那个下午,还有我的余生。

一个男人和一个女人和一只黑鸟

> 一个男人和一个女人
> 是一。
> 一个男人和一个女人和一只黑鸟
> 是一。①
>
> ——华莱士·史蒂文斯 ②

当那两条河
在阴天房间里交汇,
那么多奇异夜晚
在我们二十几岁时,独自
在室内的山岭之上,
被遗忘。黑鸟
绕我们的脚而走
仿佛它们分摊了
我们的所知。
我们知道又不知道
苍鹭的所感
将他翅膀
尖端的羽毛伸展
在空中高于
泛滥的湖面,
或美味的星座
为猪所见

---

① 华莱士·史蒂文斯"看一只黑鸟的十三种方式"(Thirteen Ways of Looking at a Blackbird),《簧风琴》(*Harmonium*,1923年)。
② Wallace Stevens(1879—1955),美国诗人。

越过他的狂野口鼻。
一个男人和一个女人
坐近彼此。谈论
窗边位置的
冰。
男人说:"怎么
我以前
居然从来没
爱过冰?
如果我没爱过冰,
我爱过什么?
爱过死者
披着他们的苏美尔
渔篷?
庆祝的兀鹫?
士兵
和穷人?"
然而
有一两个
瞬间,
在我们共同的悲伤
与流放中,
我们将我们的竖琴挂
在柳树上,
而柳树
便加入我们,
而那个男人
和那个女人
和那只黑鸟是一。

板子上的蚂蚁

并不是蚂蚁在木匠的板子上独行而已,
也不是三月的乌龟在他的大圆石上被三月的水包围……
我知道有白浪在独自生生死死。
有一个岩石牧场,跟附近一个新的,中间有一条小路。

我知道有些多枝的茎秆,是去年夏天落地的,
还有轮胎,半已磨损,被抬到了加油站老板的架子上。
我今天看到的所有这些,它们对我全都弥足珍贵,
还有粗树皮的年轻棉白杨木独立于起风的海岸之上。

我们体验的并不是木匠板子上的蚂蚁
而已,也不是三月的乌龟在他潮湿的大圆石上,
也不是刮起的旋风,也不是那份确定,也不是那沉着的谛视,
也不是祭坛边的聚会,也不是初升的太阳而已。

一份我暗中怀有的爱

这是谁在我体内那么爱你?
必定是四个炽热的人;
他们构成一个爱你的人。
他的哀伤和他的音乐无法
被解释:它被缠卷在
一只海洋贝壳内,被举到
快要出生的埃及老妇们耳边。

这些猜测是否混淆通奸
与光并使谎言听上去文雅?
就干脆说那是一份北方的爱,
一件野蛮而阴暗的东西,
一条驼鹿饮水的浑浊之河,
他的角抬起如我的身体抬起,
当我们在水上做爱之时。

来跟我一起生活

驱车行驶在冰碛群山间
靠近巴特尔湖①,绕过维宁②,
我欣赏那些手劈的栅栏,
果园,存起来过冬的干草。

我想要你跟我一起来看
蜿蜒着下山的牛径,
堆起来过冬的大块橡木,
被圈在里面熠熠闪烁的小湖。

---

① Battle Lake,位于明尼苏达州中西部。
② Vining,明尼苏达州中西部城市,位于巴特尔湖东南。

一个满月随日落升起的傍晚

夕阳西下在尘土飞扬的四月夜晚。
"你知道它可能是活的!"
太阳是浑圆,庞大,迫近,清醒,着火的。
它迅速穿行在伦丁① 果园的树干之间正当我们驶过……
一个青铜神祇的双腿走在世界边缘,不为许多人所见,
赴他古老的使命,因他自身的能量而弯折。
他依据自己的梦想指导自己的生活,
当我们再看时他已经走了。

转向米兰②,我们看见另外那个,月亮,圆满并上升。
三只大雁化作黑点在天空的那个部分。
在闪亮的那一颗下面牧场腾跃向前,
草地翻滚如在十月,河边铁锭色的田野。
上升的那一颗照亮浅池中一对警觉的针尾鸭。
它照耀那些彼此忠实者,在入夜时分满怀警觉,
而忠贞不渝的生命如河水般逝去,
并无一人留意。

---

① Lundin,美国华盛顿州一山峰,为瀑布山脉(Cascade Range)的一部分,该地区历史上常有火山活动。
② Milan,美国华盛顿州中东部一地区。

这副身体是由樟脑和歌斐木[①]打造
(1973—1980)

[①] Gopherwood,《圣经·旧约·创世记》中制造诺亚方舟的木材。

快步走

当我醒来，我听见羊在吃着苹果皮，就在屏风外面。树木沉重，透湿，寒冷而静默，太阳正上升。万物似皆安详，而在体内某处我却并不安详。我们住在二乘四英寸板材打造的木建筑里，让风景神经质达一百英里。而皇帝在六十岁时曾遍求犀牛角，求天蓝色的凤凰卵，由脉纹岩石浸在公鸡血中加工成形。在他周围黄蜂曾经放哨，母鸡曾经持续巡逻，牡蛎将一切问题开启又关闭。人体内部的热量生长，它不知道该把自己掷向何处——有一会儿它纠结为意志，沉重，燃烧，甜蜜，随后成为慷慨，渴望扛起别人的负担，随后成为疯狂的爱。艺术家快步走向自己的画室，并将海洋的波浪雕刻成龙的鬃毛。

折起的翅膀

　　黄瓜渴了，它们的大叶转向背风。我在晚饭后浇灌它们；水管卷曲着躺在大黄边上。风声吹煦穿过头颅。一副笑靥呈现在坐者的脸上，当他落坐在一棵树下。我们心中可以被抚慰的事物得到词语辅佐，沉没的岛屿对我们诉说……

　　这世界是动物还是植物？他者爱我们，甘蓝菜爱大地，大地衷情天空——一个新时代穿过黯黑走近，一头大象的长鼻在幽暗中摇摆，那么多正在逝去，那么多学科已然消失，但重瓣花里的能量却并不减弱，翅膀折起拢住坐着那人的脸。而这些黄瓜叶就是我的身体，我的腿股，而脚趾在风中伸开……好吧，浇灌者，没有水你将怎样熬过今晚？

出去检查母羊

我的朋友，这身体是空中千条龙的食粮，每条龙都轻如一根针。这身体爱我们，并载我们回家离开我们的耘锄。

它古老，装满了成捆的睡眠。在它的震颤里太阳滚过泥土之下；海洋之上的喷柱卷入我们的肚腹。水流旋转，令喷柱被大洋中心的髑髅眼睛看见。这副药草与歌斐木的身体，这份至福，这是一道被水流巡察的孤独山脊……我起床，早晨在此。群星依然显现；黑色的冬季天空笼罩未诞的羔羊。谷仓在黎明前寒冷，大门缓慢。

这身体渴望出海远行的自己，它飘浮在黑色的天际，它是一个璀璨夺目的存在，被禁锢在人类愚妄的囚牢里……

我们爱这身体

　　我的朋友，这身体是由凝固与旋转的能量构成的。它是载送鸡舍沿路起舞，一刹那之后又将四壁尽数拆散的风。它是退休的铁路男爵的角质指甲，他的孩子们星期天在上面溜冰，它是不腐的额骨，商代祭品中依然新鲜的女祭司的头发……

　　我们爱这身体如同我们爱我们初逢引领我们离开这世界的人的那一天，如同我们爱我们某日清晨，在分秒刹那间，凭一时冲动送出，而我们依然每天看见的礼物，如同我们爱那张人脸，在做爱后焕然一新，比一车干草更充满快乐。

找到父亲

　　这身体情愿载送我们而无所求——如同海洋载送原木——因此在某些日子里身体以它的巨大能量呼鸣,它捣碎巨石,举起小蟹,后者在两侧环涌。有人敲门,我们没有时间穿衣。他要我们跟他一起穿过起风和下雨的街道,到那栋黯黑的屋宅。我们会去到那里,身体说,并在那里找到我们从未邂逅的父亲,我们出生那晚他曾在一场暴风雪中漫游,随后便失去了记忆,自此一直活着渴望自己的孩子,后者他只见过一回……同时他还干活做一名制鞋匠,做一名澳大利亚牧牛人,做一名夜间作画的饭店厨师。当你点起灯你就会看见他。他坐在门后边……眉毛那么重,额头那么轻……他一身的孤寂,在等待着你。

呼鸣飘荡在牧场之上

我如此深爱着你用这副奇异地鲜活而寂寞的身体。我的身体是一只幼鹰栖坐在密西西比河边一棵树上，早春，在下面的土地上任何绿色出现之前。有几天我胸中的胡桃空洞满是噼啪作响的光与影。在那里鸟儿从水滴中吸饮……我的身体爱着你用它从那个审慎的人身上提取出来的东西，后者俯身于他的蜥蜴群落之上；它以此疯狂地爱着您，超越一切规则和惯例。甚至笛子的六个孔都在那黝黑的人指尖下移转，而那刺耳的呼鸣飘荡在成熟的牧场之上，没有谁在黄昏中看见或造访那里除了麋鹿，出于所有围栏，从未见过任何床榻而唯有他自己的野草。

我初遇你是在我已独处了九天之时，而此刻我寂寞的鹰身渴望和你在一起，它记得你……它曾经知晓我们如何亲近，我们愿永远如此。虽有死亡但也有这份亲近，这份欢乐当蜜蜂升入他巢上的空中去寻找太阳，去变成儿子，而旅人行走穿越流亡与沦丧，穿越晦暗与失败，去再次触摸他自己王国的土地并亲吻地面……

对此我又该说什么？我说，赞美归于第一个清楚写下这份欢乐的人，因为我们无法一直与我们无法命名的事物相爱……

入夜的小猫头鹰

太阳正在沉落。每分钟空气都更暗。夜晚在地面附近愈加浓重,将我的身体拉低向它。而假如我的身体就是土地,那又如何?那么我就在这下面,随夜晚来临而愈加浓重。

有土地的事物,在地,接合,它们依偎在一个食槽里,一个怀抱拢住它们,一簇松枝,小猫头鹰一块儿栖坐在一棵空树里……

夜晚来临的时候在我体内曾是太阳的事物将坠落到土地之下,并沿着下方海洋黑暗的路径嘶鸣而行……一百个卓越的圣徒躺在那里四肢伸展,将零星的黑暗抛在路上。

到午夜在我体内曾是月亮的事物也将消失。我将朝向完全的黑暗走下去并发现自己在监狱牢房里和约瑟① 一起。

---

① Joseph,《圣经·创世记》中雅各的儿子。

爱者的身体作为一个原生动物的共同体

  这身体由骨骼和兴奋的原生动物构成……而我正是用我的身体爱田野的。我如何知道我是什么感觉,除了身体告诉我的东西?在雪中思考的伊拉斯谟①,烧毁了整个房间的维吉尔译者,身穿裘皮阅读阿拉伯占星家的男子在惊讶中跌下他的三脚凳——这就是身体,如此美丽地雕琢于内,有内耳的曲线,又是如此粗糙的皮囊,肘节棕褐。

  当我们行走时我们进入其他身体的磁场,而我们吸入的每一丝气味原生动物的共同体都看得见;而一个内部的生灵向它跃起,如一匹马在起跑闸门前以后腿立起。当你我彼此靠近,我们便被拽落到缓慢循环的能量,缓慢循环的气味那甜蜜之极的池中。

  每一个活物都在黎明前将自己抛落,
  而夜晚在它后面打开自己,
  而在自身的中心之内它活着!

  于是隔开两人的空间缩小;它变得越来越少;无人可泣;他们最终合而为一。从指尖流泻的声音唤醒远在彼此身体内部的细胞之云,而我们一无所知的生灵启程开始一场朝圣去寻找它们的救主,去寻找它们的圣地。它们的圣地是一块小小的黑石,它们从原生时代起就记得,那时它被滚出了一扇门。

  细胞之云苏醒,变浓,密布;它们在一束细到我们看都看不见的阳光之内起舞。但对它们来说,每一束光都是一座有千万个房间的宏大宫殿。从细胞里,赞美的句子开始升向房间

---

① Desiderius Erasmus(约 1469—1536),荷兰神学家。

里唱歌的男人和女人们。一个嗓音说道:"现在你依然毫不感恩吗?你依然要说没有路吗?"

为刘易斯·托马斯①和他的《一个细胞的前世今生》②而作

---

① Lewis Thomas (1913—1993),美国诗人、学者、医师。
② 《一个细胞的前世今生:一个生物观察者的笔记》(*The Lives of a Cell: Notes of a Biology Watcher*,1974年)。

对居民的祝祷

有一个居民在黳黑小屋里。
这是谁,某个听见与述说的人?
亲属已来,黳黑的海洋贝壳。
有样稳固的东西,一个居民在黳黑小屋里。

小屋的前脸苏醒——
那野蛮人在他的疯狂中爱的东西。
洞穴自身醒来。有一个旅人——
他必须醒着——正睡在小屋里。

沿我的梦远行,我梦见了一条长胡须的鱼,
很老的一条,极大,溜进我怀中。
走了这么久的旅人已经回返。
有一个居民在黳黑小屋里。

亚麻商人发现约瑟在唱。
细小的线段连成更长的丝弦,
它们连起来时便跟音乐难以区分,
某种混合,连续,永恒的事物。

那是谁?一个男人到处行走,
某物在十一月的空气里慢慢取得稳固性。
我们出自巢穴与贝壳的亲属已来。
有一个居民在黳黑小屋里。

穿黑外套的男人转身

(1980—1984)

房子北边的雪堆

那些突然停在离房子六英尺处的大片积雪……
走到那么远的思绪。
男孩离开高中就不再读书;
儿子停止给家里打电话。
母亲放下她的擀面杖就不再做面包。
而妻子一天夜里在一个派对上看看她丈夫,就不再爱他。
能量离酒而去,部长离开教堂时摔倒。
它不愿靠得更近——
里面那个向后移动,双手什么也不碰,很是安全。

父亲哀悼他的儿子,不愿离开棺木放置的房间。
他转身离开他的妻子,她便一个人睡。

大海起落整夜,月亮继续独自穿越无所羁绊的天空。
鞋的趾尖旋转
在尘土中……
而穿黑外套的男人转身,走回山下。
没有人知道他为什么前来,或者为什么他转身而去,并未登山。

衰落的感觉

法拉隆内斯① 海狮被棒打，
鲸鱼离去，乌龟
从座座岛屿上被捕走
填满船舱；帝国

垂毙于它的外省市镇。
无人去修缮浴室；
农场被移交
给士兵；法官腐败。

后面的马车颠簸，
在巨石上倾轧，来来
回回，被缓慢地
撞成碎片。这分崩

离析的黑暗亦是一种现实
无异，那片羽毛
在雪地上，那只公鸡
被吃掉一半的尸体在旁。

而其他的世界我看不见：
老人之家
在黄昏，缓慢的
谈话的低鸣。

---

① Farallones，加利福尼亚北部一海湾。

与罗伯特·弗朗西斯① 参谒艾米莉·狄金森②墓

一道黑铁的栅栏将墓冢围起,它的椭圆精美如酒杯的弧柄。它们类似于阿伦③主岛上那些教堂的窗口,在第四世纪造得很窄以免有太多的雨水泼洒进来……这是四月,晴朗又干燥。草叶卷儿在附近的墓碑周围升起。

狄金森的房子离得不远。她有一天抵达了这里,当时五十六岁,罗伯特说,被六名爱尔兰劳工抬过中间的地界,当时她的兄弟拒绝将她的遗体托付给一辆马车。棺木被紫罗兰和松枝遮黯,当她跨越坚固的狄金森宅邸和这块地之间的浩瀚距离……

那距离确是浩瀚,撒旦与他的帮手们崛起与败落的距离,哦广大的领域,横在星辰之间,横在衣袖里的爱被感觉到的第一次,与曾经身处那个房间的人的死亡之间的距离……

狂喜是内陆的
灵魂出海之行,
经过屋宅,经过陆岬
进入深邃的永恒。④

……你躺下时脚与头之间的距离,母亲与父亲之间的距离,我们不情愿地穿越而过。

关于她的父母和他们的祈祷习惯,艾米莉曾写信给一个朋友:"我的家人每天早晨都向一场日蚀致词,称其为他们的

---

① Robert Francis(1901—1987),美国诗人。
② Emily Dickinson(1830—1886),美国诗人。
③ Aran,爱尔兰西海岸一组共三座岛屿。
④ 艾米莉·狄金森,诗#76,约1859年。

'父亲'"。

我们离开墓地时,罗伯特说,"我的公寓很小,但我还是接受了它因为我可以从我的窗户看到她的墓地。"他已将他的一生献给了看见遥远的事物。他过去常常招待访客——倒在一个小玻璃杯里——用自己的蒲公英酿造的酒。"你会不会把我们认错?……为此我已放弃了我其他的所有生命。"

悼巴勃罗·聂鲁达 ①

水很实用,
尤其是在
八月。
龙头的水
滴
进水桶里
由我拎
到年轻
柳树那里
它们的叶子已被
蚱蜢吃光了。
或是这罐水
就搁在我身边
汽车座椅上
当我驶往我的小屋。
我低头看时,
那座位
罐子周围整片
都是黑的,
因为水无意
于洒漏,它就是洒漏
无论如何,
而那罐水
就搁在

---

① Pablo Neruda (1904—1973),智利诗人。

那里颤抖着
当我行驶
穿过一处乡野
是花岗岩采石场,
石头
很快要被裁切
成块交给死者,
他们唯一
留下的
属于他们的东西。

因为死者仍在
我们之内,如水
仍在
花岗岩之内——
近于全无——
因为他们的工作就是
离
去,
而不再回来,
哪怕我们请求他们,
但是水
却冲我们而来——
它不在乎
我们,它游走
在我们周围,一路
去往明尼苏达河,
去往密西西比河,
去往海湾,
永远更接近

它必定要去
的所在。
无人放置花朵
在水的
坟墓之上,
因为它不在
这里,
它
已逝去。

五十个人同坐

1.
经过一段漫长的步行在被伐空作木材的林中,
偶有几棵幼松亮一下眼,
我转身回家,
被引向水边。一道阴影
令半座湖柔化,
将阴影拖拽
自向西的山峦而下。
我看见在那巨大
阳刚的阴影里
五十个人同坐
在大厅或拥挤的房间里,
将模糊不清的某物举
起进入鸣响的夜晚。

2.
岸边,芦苇到处站立成群
参差不匀仿佛它们
终要升上
天空,全都在一起!
每支芦苇都有自己的
纤细的
内在黑暗之线因此
它悠然
并扎根在污泥之中。
因此那个曾由母亲保护着

活过一生的儿子由芦苇
保护着活在半黑暗的欢乐之中。

3.
女人待在厨房里,不想
点一盏灯浪费燃料,
在她等待
醉酒的丈夫回家之时。
然后她给他端上
食物一声不响。
儿子做什么?
他依偎着她,
低目而视,
到户外进食跟野性
之物一起,活在芦苇丛中,
从人间抽离,
伸手向上,仰望天空,攀升。

4.
他四十岁时距离劳动的人们多远!
距离所有人!歌唱的人们
远远地放声吟颂
在向下的阴影之中搁浅的水面上。
他去不了那里因为
他依然希望
他不会死去。他不会
将自己
掷入那阴影。
黑暗缓慢地降临,

就像雪飘落,
或牧群穿过一个
我在对岸仰望的洞口;现在是夜晚。

浪子

浪子正跪倒在皮囊里。
我的朋友，他胸口的转向柱，
喊道："别让我死，医生！"
猪猡继续在阳光里进食。

当他交叠双手，他的膝盖
在玉米芯上，他看见船舶的烟
飘离提尔①和西顿②的岛屿，
还有父亲之后的父亲之后的父亲。

一个老人曾有一回被
他狂吼的儿子拖过地板，喊道：
"千万别拖我远过地板上的那道缝——
我只把我父亲拖了那么远！"

于是这父亲与儿子的拖拽持续
世纪复世纪再复世纪。
还有兄弟，有的得宠，有的
则不然。兄弟俩都得不到想要的东西。

我父亲七十五岁。
望着他的脸，我望入水中。
多么艰难！在水下
有一扇门已被那些猪猡穿过。

---

① Tyre，地中海东岸古国腓尼基（Phoenicia）首都。
② Sidon，腓尼基古城。

夜间十一点

我一个人躺在床上；烹饪和故事终于结束，某种平和到来。而我今天又做了什么？我写下了一些想法有关别人曾经作过的牺牲，但无法将它们与我自己的生活联系起来。我送了女儿去乘巴士——去明尼阿波利斯① 剪个发——我跟她在昏昏欲睡的酒店大堂里等了二十分钟。我希望邮件带来一些赞美给我的自我食用，结果失望了。我合计了一下我的银行结余，发现只有六十五美元，而我光付这个月的账单就需要一千多。所以这就是我的生命在坟墓之前如何流逝的么？

我大脑的胡桃放光。我感到它将头骨照亮。我察觉我拥有的意识，我也悲悼我不拥有的意识。

顽固的事物躺卧与站立在我周围——墙壁，一个没几本书的书橱，床的踏脚板，我的鞋子暂时靠在毯子上，仿佛它们是动物坐在桌旁，我的胃和它弯曲的需求。我看见床头灯，和我右手的拇指，我的手指握持得如此信任的钢笔。根本没法逃离这一切。很多次在诗篇里我曾逃离——我自己。我枯坐好几个小时后终于在南瓜顶上看到一个小孔，我钻出那个小孔，走了！那妖精胀起然后消失；没有人能再把他放回瓶子里；他正盘旋在某处一座汽车坟场之上。

现在我越来越渴望我无法逃离的事物。阳光照在马路对过的房子侧面。永恒就在近处，但并不在这里。我的鞋子，我的拇指，我的胃，都仍在房间之内，因此无解。意识来得如此缓慢，我们一半的生命逝去，我们吃饭和说话都睡着——因此无解。自毕达哥拉斯死后世界已走过了某一条路径，而我无法改变这一点。并非我家族一员的某人发明了显微镜，西方的

---

① Minneapolis，美国明尼苏达州东南部城市。

眼产生了穿透其黑暗隧道的强烈愿望。空气本身愿意无偿举起707的机翼，因此无解。活塞与圈环已出现在世上；阀门引导蒸汽每秒进出剧院包厢十次；因此无解。我的意志以外的某物在爱我爱的女人。我爱我的孩子，尽管在他们到来之前我并不认识他们。我每天都改变。对于十二月下旬的冬季黑暗而言无解。

肯尼迪就职典礼

尚塔尔修女①递给
我黏乎乎的
胶皮枫香树荚果。
我从所未见，它的大小
如一只牛眼珠，棕褐
又刺人。它的视觉
尽失，被完结，
爆出来
穿透了眼窝。
我将它在掌心里翻转；
它刺痛嫩滑的皮肤。

硬边的眼
窝类似母鸡的
喙在恐惧中大张。
那些狗会来吗？
本该是一只耳朵
的地方，另一只
喙正开启，本该是
一只鸡冠的地方，另一只
喙正开启。狗的
恐惧令
哭喊愈加嘶哑。

---

① Sister de Chantal，所指未详。

而我今天做了什么?
我开了两回远路
以免经过
殡仪馆。
我进行了三次对话,
都是长途。我要是这么
明白如何生活,
那我又为什么害怕?
一个人的脑袋已经
被一枚炮弹打破,
一只眼睛挂在外面。

利奥波德王① 的人马
建起橡胶种植园,
遭来班图人②
让树流血。有些人
旷工。"若他是
一个父亲,最好的事
是砍掉双手。"
一个摄影师捕捉到
这一幕:儿子的手
搁在地上
在父亲的两脚之间。

在一九三八年,

---

① King Leopold,指比利时国王利奥波德二世(Leopold II, 1835—1909),1885—1908 年任刚果自由邦(Congo Free State)君主。
② Bantus,非洲中南部的黑人部族。

褐衫① 抵达，
带走女人
住进生殖旅馆。
犹太人和吉普赛人
让树流血。
一切准备就绪。
玛丽莲·梦露② 在那儿。
我看见她打了麻药的
手臂伸开来垂落
在床沿上。

从她背上传来那船员③
喊医生的呼叫。
他的脚就撂在几
英尺外。他的
嘴唇张开，脑子
不见了——只有
喉咙和呼喊在那里。
而总统
在寒冷中，他的头颅背面
依然完好无缺，放下
一只手在《圣经》上。

---

① Brownshirts，1921年由希特勒创立于慕尼黑的纳粹组织，其成员身着褐衫，后被纳粹党卫军取代。
② Marilyn Monroe（1926—1962），美国女演员，歌手，因服用过量麻醉剂去世。
③ 指梦露的第一任丈夫多尔蒂（James Dougherty，1921—2005），1943年曾加入美国商船队（Merchant Marine）。

词语升起

我打开我的日记,用
绿墨水写几个声音,突然
狂暴进入我,星星
开始旋转,然后收拾起
来自海洋之下的短吻鳄灰尘。
写了又写,我感觉到
大熊浓密的尾巴
在下探并轻拂海底。

所有那些我们经历过的死亡在阳光下的
多尔多涅① 岩架之中,我们曾经
唱给巴布亚的新生儿和骷髅
的曲子,那些杀戮时刻
我们曾死去——曾受伤——在一只
动物嗅探的掩护之下,所有那些生命
都重归,还有那些绿草的夜晚
我们曾在月光下奔跑几小时。

这些死亡与生命重归是经由
语言。当我们饲喂几个词
以私密的哀伤,那一份
我们在能够发明轮子以前
就懂得的羞耻之时,它们到来。
那古老的土香仍在

---

① Dordogne,从法国中南部流向西南部的河流。

和这个词里。我们体验
那字于它孤寂的苦难之中。

因此我们就是蜂群;蜜是我们的语言。
现在蜜正贮藏在洞穴里
在我们下方,而词语的声音
有时承载的是我们没有的东西。
我们看见一百万只手的尘土
手掌被翻起,在动词
饲喂之内。还有永恒的誓言
被保留在耶利哥① 这个词内。

祝福因此归于那个劳作的人
他在屋内书写羔羊的诗节。
祝福也归于那个女人,她在
午后的阳光下将寂寞的褐色种子
从孤独的黑色种子里挑拣出来。
祝福归于辞典制作者,蜷缩
在他长胡子的词语间也归于谱曲者
他晚上睡在他的小提琴盒里。

---

① Jericho,《圣经·旧约》中被约书亚征服并毁灭的古城。

对永不餍足的灵魂的冥想

(1990—1994)

时间在死后倒流

1.
参孙①,为寡妇和孤儿碾磨面包,
忘掉自己受了冤枉,而那些
非利士人从他这里争得的答案都回返
成为狮子。苦涩与甘甜联姻。
他自己冤枉了狮子。现在小麦
用它妻般的辫尾轻抚着风;驴子
在长草中奔跑;而既已窥见了天堂,
狐狸的身体漫游着土褐色的尘世。

2.
死后灵魂回返到吸饮奶
与蜜在它简朴的家中。断梁
重又接起日出之门,而群蜂鸣唱
于酸肉之中。又一次在摇篮里他的
头发变得长而金黄。大利拉的剪刀
又变回两柄微小而戏谑的剑。
参孙,再不受日落和阴影困扰,
在东方的海洋中沉落并诞生。

---

① Samson,《圣经·旧约·士师记》中的力士,爱上了大利拉(Delilah)并向她吐露他的力量在于他的头发;大利拉将他出卖给非利士人,后者剃去参孙的头发,令他失明,之后参孙又长出头发,拉倒房柱并与非利士人同归于尽。

探望我的父亲

1.
你的胸口，医院罩袍
歪斜，看上去
像女孩子在今天。
那是你泛蓝的
爬虫脖颈
它一直都知道天气。
我对你说，"你
作好准备去死了吗？"
"是的，"你说，
"太无聊了
待在这里。"他心里有
另外某个地方
不那么无聊。"他
没作好走的准备，"
医生说。
必定有过
一场火灾几乎
炸开了，或一个巨大的
灵魂，不充分地
披着羽毛，已变得
寒冷而愤怒。
某个四岁男孩
在你体内，被你的
母亲所冷落，被
你父亲所轻贱，曾说，

"我会反抗,我
无论如何都会赢,我会
让他们看到。"
当爱丽丝那有
钱的姐妹提出要
领走你的两个男孩时
在大萧条期间,
你又说了这话。
现在你将那
反抗情绪带到死亡。
你体内这四岁的
老人做事就凭
他喜欢:他喜欢
一直活下去。
通过他你
取得复仇,
坚持,忍受,
活过去,碾过去
高出一头。
你传给了我
这个,而我并
不拒绝。
它就
在我体内。

2. 我父亲八十六岁
你八十
六岁了,还在我们
交谈时突然
倒头入睡。

你是否原本会
为我自豪
假如我一直活得
更加像你?
在这同一间医院
病房里,治疗戒酒时
在三十五年
前,你曾对我说:
"你幸福吗?"
我当时二十八岁。
"幸福并不是
我为我的生命
设定的目标之一。"
你颇为吃惊。
我是唬人,其实
跟你一样孤单。
现在你几乎已经
抵达了终点站。
我可不可以说你
虚度了你的一生?
你曾颤抖着站
在一台打谷机上,
皮带轮,切割机,摇筛
在你下面,
而保持了你的平衡
大致上。
我曾行走在一根缆索上,
扛着六个
孩子在我肩头,

曾经感受他们的爱。
一个女人曾有
一个消息给我
而它到来了。
现在是第一次
我能看到你的头盖骨
在你紧闭的
葡萄般的眼睛之下。
某件卑微的,
明亮的
事情已经发生。
仅此而已么?
我们原本期待什么?

3. 艰难呼吸
你的艰难呼吸
我们三个都
很留意。要继续
活在这里,
人就必须吸入空气。
但吸入空气
迫使你
将它分享
给美洲狮和鹰。
当呼吸停止
你将免
于那种陪伴。
你原本来自那个水
世界,并不

想要改变
第二次。我母亲
不记得
那个水世界。
侄女们在这里
在这世界上，几个侄子，
几个同班同学，一个儿子。
你坐着双眼困惑
现在，仿佛要说，
"那个
鲁莽的人在哪
他曾大笑也
曾让我大笑？
是这个
双颊憔悴
躺在床上的人么？
有那么多次
我曾开车进城，
小心翼翼，驶过
积雪，这就是
结果的样子？"是的，
没错，我
亲爱的母亲。
你存下来的
桌布全都
不见了；那些烤
玉米菜肴你
做给你的男孩们吃过，
那些圣诞夜，
打开香水——

巴黎暮色 ①——
来自你丈夫，
那份一个男人
会为你
改变习惯的希望——
它们都不见了。
护士带走我父亲
给他洗澡。
你和我等待
在这里等待雅各布 ②
回来。
"那些花
是什么品种？"
"雏菊，"我说。
几分钟后，
你又问一次。
我又能做什么除了
感觉那条无形的
河流穿过
我，并且坐
在这里跟你一起？

4. 某样东西已经来到
我母亲和我坐
在医院病房里。
我们又能说什么

---

① Evening in Paris（Soir de Paris），法国化妆品牌妙巴黎（Bourjois）于1928年发行的香水。
② Jacob Thomas Bly（1901—1988），诗人的父亲。

彼此之间?
说我们微不足道
当那个男人
离开这房间的时候?
说我们被
我们的呼吸束缚
在这个麻烦的地方?
说我是一个儿子
而你是一个母亲,
说某样东西
已经来到
我们之间,
好让我们忘掉
是什么救了我们。

5. 科莫多龙①
我父亲和我
游泳相隔
半英里左右
在一片冷海中。
我们各自感觉到
对方的划水,
但我们远远游离
女人们的照管。
我继续游,问
我的双肩为什么
我的下半身
感觉那么重。

---

① Komodo Dragon,产自印度尼西亚科莫多岛的世界最大巨蜥。

只有我的两臂
举起，海洋
将其余的
我往下拖拽。
我知道远
在我们下面，散落
在洋底之上，
有 A 型 ①
引擎，来自马车耙的
辐条轮子，
裂开的
引擎缸体，
崩断的犁
刃，驱动轴
从沙里刺出来，
无用的刀杆。
我们的失败已
在那里固化，
正锈蚀
在咸水中。
我们钻研了整天
一直到午
夜却没办法
让割晒机保持
运行，什么都没用，
强推一个活塞
直穿过了缸壳。
就是不行。

———————————

① Model A，福特汽车公司的汽车型号。

而在我们身后
一头巨大的野兽
在游泳——四
五英里后面,
鼻生刺毛,
脚蹼如同那
科莫多龙,
刺毛的须髯,
跟着我们。

6. *法老的仆人*
我父亲的大耳朵
什么都听见。
一个隐士苏醒
与入睡于一间陋室
藏在
他憔悴的面颊之下。
他的眼睛碧蓝,警觉,
失望,
而怀疑,
抱怨
我带给他的
玩笑不是
护士跟他讲的
那种。他是一只鸟
等着被投喂——
大半是喙———只鹰
或一只秃鹫,
或是法老的仆人
在临死之前。

我的手臂搭着床栏
歇在那儿，放松，
带着新的爱。我对
行吟诗人所知的一切
我都带到这张床边。
我不想要
或需要
再被他羞辱。
羞辱将军
已经开除了
他，将他遗弃
在这小小的外省
埃及式小镇上。
假如我不希望
羞辱他，那
为什么不爱他呢?
他瘦长的手，
很大，青筋密布，
有能力，依然可以
继续掌握
他曾经想要的东西：
六个农场。但
那是不是他
原本所欲之物?某个
强大的
欲望引擎仍在
他的身体里转动。
他从未言说过
他原本所欲之物，
而我是

他的儿子。

7. 给我父亲的祈祷
你的脑袋依然
躁动不安，东转
西转——
你体内的那一位
执意要活着
是那只苍老的鹰
世界为之而
变暗。假如我
不在你身边
在你死去之际，
那会很令人伤心
但合理。你的
那一部分曾洗净
我的骨头不止
一次。但我
终将与你相会
在那只幼鹰身上
我看见他
在你我
两人的体内。
这只幼鹰
曾引领过你
上天——
也将引领
你此刻飞向
夜之君王

他会交给
你那份温柔
你曾在此希求。

在殡仪馆

1.
我没赶上你去世的时间。
棺盖
被抬起呈现一些
缝合起来的秋季橡树叶
高高笼罩着
你冬季的面容。

我终于得到些许
闲暇靠近
你奶色的双手。
我写下你做过的,
或做错过的,或根本
没做过的事。

殡仪馆长,一个好
人,说道,"我
现在要上楼
陪陪我的家人。你想坐多久
就坐多久。
根本没人在这里。"

2.
你以前常说起
威尔士王子,他
很受你的敬仰。

他也想要更多的
什么东西——于是
他只得将它窃走。

一个老人曾对我说:
"你父亲是
整个国家
唯一
读书的人
在大萧条期间。"

3.
我把我的手掌放在
你的胸口。你的胸口
瘦瘦的穿着
殓服
一个鸡胸
在我的手下面。

我们现在有没有
时间给彼此?
你有没有
时间给我?眼见
就是好,如马维尔 ①
所说,但眼睛

也为哭泣而生。
当我站在那儿身边

---

① Andrew Marvell（1621—1678），英国诗人，政治家。

是你在你长长的
棺材里面,我明白我们
拥有的时间比
我们能用的更多。

你死后一星期

我昨晚梦见你
活在附近,根本
没有死,而是安居
在一个铁匠的仓库里,
一桶桶螺栓和钉子
从地板到屋顶。

你前来给我带了
一个象牙罐,
盛有一种珍贵液体,
我收下了。我明知这意味着
一场危机已经到来,
但我让你走了。

后来一个人推开
房门,扔
下你的尸体,一具干瘪的,
小得惊人的尸体——
绳子依然绑
在脖子上。

我醒来对我妻子叫道:
"他不是
那么死的!没有绳子!
全错了!"她
说,"在
你的梦里他是那么死的。"

威廉·斯塔福德① 死去时

嗯,水沿着蒙大拿的沟渠而流。
"我会干脆绕过这块岩石,以后
再去思考它。"那是你说的话。
死亡来时,你说,"我要去那里。"

没有你会回来的迹象。有时候
我父亲曾在棺材里坐起来又活了。
但我想你诞生在我父亲之前,
他们在你的时代造的脚板更轻。

一个黄昏你走了。有时一棵倒下的树
紧抓一块岩石,假如水流很强。
我不会说我父亲这么做过,但我也
不会说他也没做过。我一直看着你俩。

假如一个人做的一切就是从岸上望,
那么他根本不必担心水流。
但假如情感已将我们放进水流,
那么我们必须赞同水去往的所在。

---

① William Stafford (1914—1993),美国诗人。

感谢老教师

当我们阔步或漫步走过封冻的湖面,
我们是把脚放在它们从没到过的地方。
我们行在未行之物上。但我们惶恐不安。
还有谁在下面除了我们的老教师?

原本无法承受任何人类体重的水——
那时我们是学生——托起我们的脚,
并在我们前面延续一英里。
我们下面是教师,我们周围是静寂。

饮下那水

我们何时有过够?
当我们可以转头时,
要对狗脑袋的,
毛鼻子的,肛门
眼的税务烂鬼说不,
将回报交给上帝。
朋友们,记住没有人
看得见自己的耳朵。

蜜拉拜①,夜复一夜
让自己下得城
墙身着莎丽去造访
她出身低贱的老师。
当她清洗他苍老的
脚并饮下那水时,
任何白痴都会知道
她不在意。

隐隐窥见坟墓在前
身体惊跃而起,
哭道,"若死亡
来临呢,若全都结束呢!"
就让它结束吧——就让沙子

---

① Mirabai(约1498—约1547),印度诗人。

和海洋分开,
让它去吧,就让
天与地自行其道吧。

小屋里的念头

为何我突然感觉毫无惊惶?
此处在一个夏日午后,风
吹的湖水,一个结实原木的小屋。

我能活着与死去无需更多的
名声;我会想要个地皮可以走走,
几本书,偶尔来场暴风雨。

我知道我能讲的故事,我可以讲
也可以不讲。还有更多
要学的:风和纱门。

画像的仓库,挪威的
传说,Schmad Razum① 的力量,
善或恶,成功或失败。

期待我别的东西吧——
可能少些——而且不要排除
误导,误传。

---

① 所指未详。

圣乔治[①]、龙与圣母

  伯恩·诺特克[②] 于1489年为斯德哥尔摩大教堂制作的一件雕塑

圣乔治与龙搏斗。
脊生尖刺的龙
住在满是
老鼠的洞穴里,现出败象。
他反击,
就像一个小孩
举起四只
脚来推
挡疯狂的
家长。龙
手抓住那柄
穿透了他多棘的
前胸的木头
长矛,可是……
太晚了……

而这姑娘般的骑士呢?
哦我认识他。
我读过新
约,那时候我
光着身子躺在床上

---

① St. George(约280—303),基督教殉道圣人。
② Bernt Notke(约1440—1509),后哥特时期画家。

还是个小男孩。
那阳光男孩
光芒四射地站起
他前额上的
眼睛望过
那些罪人的绞架
望向警觉的
灵城塔楼。
我恨这男孩
我曾经就是他
把他的长矛举到
父亲头上。我们人人
都曾是这条严酷的
仰面倒地的龙。
他是约瑟,格伦德尔①,
我们早已忘却之物,
炼金术士曾经知晓的
伟大的灵体,
没有他便无物存在。

儿时,我们知道我们拥有的
是一种泥泞的伟大。
需要多久
才能击倒那匹马
让他顺服
来辅佐那阳光男孩。
这满手是泥的,声名狼藉的,

---

① Grendel,8 世纪古英语史诗《贝奥武甫》(*Beowulf*) 中被贝奥武甫杀死的水妖。

嗓音嘶哑的一个
即将死去,在
全世界。
而圣母呢?
她祈祷
双膝跪地于
此事继续之时,
她尽可如此。

ness
早晨诗篇
(1993—1997)

我们为何不死

九月末有很多个声音
告诉你说你会死去。
那片叶子就在讲。那份凉意。
它们全都是对的。

我们的众多灵魂——对此
它们又有什么办法？
没有。它们已是
那无形之物的一部分。

我们的灵魂一直
渴望着回家
毕竟。"很晚了，"它们说，
"锁好房门，走吧。"但

身体不同意。它说，
"我们埋了一个小铁
球在那棵树下。
去找找它吧。"

清早在你房间里

早晨。褐色的咖啡勺,黄蜂状的
咖啡研磨机,邻居们还睡着。
你倾倒微微发亮的水时那道灰光——
似乎你旅行了多年才抵达这里。

终于你配有一幢房子了。如果不配有
它,就占着它;没人能赶你出去。苦难
曾经当道,贫穷,至少是没钱;
又或者是困窘。但那已经过去了。

现在你有一个房间。那些轻松的书:
《忧郁的解剖学》,卡夫卡《写给
父亲的信》①,都在这里。你可以跳舞
只用一只脚,还能看雪片落下

只用一只眼睛。就连盲人都
看得见。他们这么说的。假如你有过
一个悲伤的童年,又怎么样?当罗伯特·伯顿
说他忧郁时,他的意思是他在家。

---

① *Letter to His Father*(1966 年),由凯瑟(Ernst Kaiser)与威尔金斯(Eithne Wilkins)译自德语。

打电话给你父亲

曾有一个男孩永远都不知足。
你知道我什么意思。某样东西
在他身上渴望找到那个大
母亲,于是他便跃入了大海。

耗了一段时间,但一头鲸鱼
同意将他吞了下去。
他知道这是错的,可是一
过了鲸须,就为时已晚。

没事。有一座弯曲的图书馆
在里面,还有那些高高的
梯子。有人受理请求。
跟不列颠博物馆一模一样。

但一个人必须生一堆火。
或许那原本就是被他
点着的浪漫小说。浓烟翻卷
直上峡谷。她咳嗽。

就这样。男孩游到岸边;
这是阿拉斯加的一个渔镇。
他找到一座电话亭,
打电话给他父亲。"我们谈谈吧。"

我们把干草叉放进去的禾束堆

禾束堆们说冬天
要来了。每一堆都站在那儿,
说,"我已经放弃了自己。
把我带走。结束了。"

于是我们照做。用我们叉子的
闪亮尖端,它们如此
健康而优雅的把柄,
我们将每一捆轻轻扒开,

将其递交装载,
每一捆就仿佛是
一个灵魂,被推挤向后
塞进了灵魂的云团。

事情就会是这样
在死后——如此丰足的
灵魂,全都在一起——
无一疲惫,在重型货车上。

与灵魂对话

灵魂说:"给我什么东西看看。"
于是我给了她一个农场。她说,
"太大了。"于是我给了她一块地。
我们两个坐了下来。

有时我会爱上一个湖
或一枚松果。但我喜欢她
最多。她知道的。
"继续写,"她说。

于是我照做。每次新雪飘落,
我们都会再次成婚。
神圣的死者在我们床边坐下。
这样持续了多年。

"这块地变得太小了,"她说。
"你不认识别的谁
可以爱上吗?"
如果是你会对她说什么?

黄点

纪念简·肯永 ①

上帝依她所想而行。她有十分巨大的
拖拉机。她晚上住在缝纫房里
做针线活。然后一块块陆地在海
中央消失。丈夫知道他的妻子
仍在呼吸。上帝已经安排了洞开的
坟墓。那坟墓并非我们所想,
但对于上帝那是一个极小的洞,而他有
针,牵线穿过它,很快
一个漂亮图案便呈现出来。丈夫喊道,
"别让她死!"但上帝说,"我
需要一个黄点在这里,靠近邮箱。"

---

① Jane Kenyon(1947—1995),美国诗人、翻译家。

三天秋雨

三天的
十月雨水吹
落树叶。我们早知
生命不会久长。

码头闪烁
橡树叶,冷
叶在船上,叶子
斑斑点点在老人草丛里。

哈代 ① 警告过
我们。耶稣在他船上,
站立着,他背转身,
正被划向另一岸。

---

① Thomas Hardy(1840—1928),英国小说家、诗人。

耶稣所言

风随意而吹①：那正是
每个自风中诞生的人的样子。
哦现在愈发严重了。我们这些人
诞生自其中的风吹过平原
与大海那里无人拥有一个家。
而那个烦人的拉比，他岂不是说过：
"你们什么也不要带②，不要毯子，不要面包。
到了晚上③，你们人在哪里就在哪里睡。
假如屋主说不，就把尘土抖出
你们的凉鞋；将灰尘留在他们的门阶上。"
不要希望永远不会到来之事。放弃希望，
亲爱的朋友们，生活的栋梁架在风上。

---

① 《圣经·约翰福音》3：8。
② 《圣经·路加福音》9：3。
③ 《圣经·马太福音》16：2。

当打谷时间结束

有一个时间。诸事结束。
所有的田地都干净。
皮带被收起。
马匹也都回家。

剩下的东西延续
在男孩心里
他们曾想要这份快乐
永不结束。

双手击水,
玩笑与燕麦:
那曾是一种音乐
动人而炽烈。

《圣经》始终是对的。
形影来来去去。
在冷水里洗漱。
火已经动了。

品尝天堂

有些人说每一首诗都应该有
上帝在诗中某处。不过当然华莱士·史蒂文斯
不曾是那些人之一。我们生活,他说,"在一个
没有天堂可追随的世界。"① 我们该不该同意

我们品尝天堂只一次,当我们看见
她十五岁走在落叶间的时候?
有可能。然而史蒂文斯临终之际
却邀请了牧师进来。在那里,我早说过。

牧师不是一个论据,只是一个事例。
但我们狂风阵阵的情感对我说我们已经
品尝过天堂很多次:这些美味
是来自某个更大派对的残羹。

---

① 华莱士·史蒂文斯"挥手再会,再会,再会"(Waving Adieu, Adieu, Adieu),《秩序的理念》(*Ideas of Order*,1936 年)。

华莱士·史蒂文斯与佛罗伦萨

哦华莱士·史蒂文斯,亲爱的朋友,
你真是个害人精。你如此确定。
你认为人人都在你的家中。

是你和你父亲和莫扎特,
和女士们在佛罗伦萨品尝冷雨,
苦思着铭文,钻研着金箔。

仿佛生命是一场旅行去往佛罗伦萨,
一个肉里没有蛆虫的所在,
无人尖叫,无人害怕。

你的工作,你的喜悦,你的早晨散步,
仿佛你曾经走过心的缆索,
高悬在象群之上;你放声喊叫却从不掉落。

仿佛我们可以永远高高行走在世界之上,
没有熊罴,没有女巫,没有麦克白①,
无人尖叫,无人痛苦,无人害怕。

---

① Macbeth(约 1005—1057),苏格兰国王,莎士比亚《麦克白》(1623年)的主角。

华尔兹

一个我认识的人总说我们不需要
天堂。他认为刺绣的俄罗斯
婚礼上衣会接替天使之位,
或刮风的夜晚,当乌鸦起飞于
你的车前,会取代所有的赞美诗人。

他要我们舞得兴高采烈,像酒神的女伴,
哪怕是一支华尔兹。略有一点尴尬;
但如果你练习,他说,你就能行。
困难的是想要弄明白怎样
说再见——哪怕只是要去杂货店。

看星星

我依然在想牧羊人,多少星星
曾被他们看见。我们对上帝的爱要归于这些
曾经必须彻夜跟随,或陪伴的羊。
千万不可以让它们跑掉。还没到午夜

星星就已经变成了巨大的谈话者。
家长坐在她骄傲的椅上,受着惩罚。
狗追随猎人。每回一个故事结束
都有这样一番长久停顿在另一个开始之前。

我们中间那些身为父母,并且渐渐老去的人,
渴望,就像今晚,我们的孩子站立着
与我们在一起,看星星。就在这里,
八千年过去,而我依然记得。

苏醒在农场上

我能记起清晨——那残梗是怎样,
怀着一丝披霜的骄傲,在我们行走时脆断。

约翰·迪尔拖拉机①引擎盖如何将热量抽
离我们的双手,当我们给它灌注汽油。

以及太阳从地里径直把光取出来的方式。
它点亮整整一山的残梗像一块石头那么轻易。

呼吸在早晨似乎虚弱而又大胆。
将空气划拉进来像在阅读一整本小说。

蚯蚓们,被犁锄翻起,抬眼观瞧
不安如害羞的人试图避开赞美。

曾有一度我们养过山羊。它们就像火鸡
只是更加冒失。有一头撞了一辆红色雪佛兰。

在中午洗漱时,我们变得更加普通了。
但水保留了某样属于清晨的东西在里面。

---

① John Deere tractor,美国发明家,实业家约翰·迪尔(John Deere,1804—1886)的迪尔公司(Deere & Company)生产的拖拉机。

动物偿付的东西

汉普郡 ① 母羊站在它们的木栏之中,
它们闪亮的黑蹄彼此靠近,

得用它们的羊毛,用它们的子宫
用它们的吃食,用它们对狗的恐惧偿付。

一切动物都得偿付。马匹曾偿付终日;
它们曾牵引石船,地面便往后牵引。

猪呢?它们曾用它们的尖叫偿付
当刀子进入了咽喉而鲜血

随之涌出。血,蒸腾而又私密,
偿付了它。任何遗留的债务都已由肠子偿付。

"我是我所是 ②。"猪从来说不出这话。
女人曾用她们低俯的头偿付,而男人,

我父亲就在其中,曾用他们的狂饮偿付。
魔鬼曾向他吼叫:"偿付到最后一滴!"

---

① Hampshire,源自英格兰南部汉普郡的绵羊品种。
② 《圣经·哥林多前书》15:10。

写给露丝

有一种优美的行事方式。桦树枝
微微弯曲向上;或风将几片
雪花抛落,随后接合夜晚;
或是你留给我一小枝欧芹而再无其他。

每天早晨我们拥有这新机会。我们可以
跟在别人身后几步之遥走下山去;
我们可以进入一场对话仿佛我们得了赐福,
并不执著于我们获取怜悯的旧方式。

你有一种方式能知道另一个人
会需要什么哪怕时间未到,在派对
开始以前,当烟雾有时消失
向下于枝条之间。而我已从你这里

学到了这种任由一首诗存在的新方式。

与一头怪兽对话

一个我以前认识的人从来说不出自己是谁。
你认识那样的人。当他遇见了一头怪兽,
他会鼓励那头怪兽去谈论吃食
却未能说出他反对成为猎物。

一天过去;一星期;一个月;夏天到了。
青春期的狼獾出去侦查;
螃蟹举起它们的螯;祈祷的螳螂
成为信徒。这个人一直在努力适应。

收养?被收养?可笑,但那些生
于蛋卵者似乎没感到无家可归。某物
将它们推出,它们便飞向大海,或漂游
自砂砾而上,透明成乳色,随即消失。

这个人走到众怪兽面前,要求被
收养。我原先经常这么做。读者,你是否
喜爱约拿① 的故事?对一头怪兽说,
"我或许有东西给你,但我不能保证。"

---

① Jonah,《圣经·约拿书》中的先知。

你的生活和一条狗的相似之处

我从来没打算过这种生活,相信我——
它就是发生了。你知道狗是怎么出现
在一个农场里的,它们摇尾巴但无法解释。

如果你能接受你的生活那很好——你会注意到
你的脸已经变得癫狂总在试图调整
适应它。你的脸以为你的生活看上去会

像你十岁时的卧室镜子一样。
那是一条被山风触摸的清澈河流。
甚至你父母也无法相信你已经改变了多少。

冬天的麻雀,假如你曾经抓住一只,浑身羽毛,
怀着一腔炽热的欣喜冲出你的手心。
后来你看见它们在树篱之中。老师们称赞你,

但你无法完全回到冬天的麻雀那里。
你的生活是一条狗。他已经饿了好几英里,
并不特别喜欢你,但只得认输,进来。

屈服是那么容易

我一直在想着那个屈服的人。
你有没有听说过他?在他的故事里
一棵二十八英尺的松树遇到一阵小风
那松树就一路弯曲到地面。

"我被说服了,"松树说。"很有道理。"
一只老鼠拜访一只猫,猫同意
淹死她的所有孩子。"我能怎么办?"
猫说。"老鼠需要这样。"

奇怪。我听说过有人密谋
在他们自己的废墟里。一个傻瓜说,"你不
配活着。"那人说,"我会把这根绳子挂
在那棵树枝上边,也许你能找到一个盒子。"

尊主戴着她的骷髅项链说,
"我需要两万具尸体。""告诉你吧,"
将军说,"我们额外还有一个营
在那边的山上。我们不需要所有这些人。"

绿炉灶

一个孤寂的人曾坐在一块巨大的平石上面。
将它掀起时,他看见了一个厨房:一个绿色
搪瓷灶台有大大的爪脚,似曾相识。
有谁住在那个房间里,一边烹调一边咯咯叫。

"我见过她一回,"维吉尔说。"她和海伦
本是姐妹。"墨涅拉俄斯①
坐在窗户边上,正剥着大蒜瓣,
并将面包皮扔给小鸡。

我们永远理解不了这个。某处
在那头骨的平石之下,一对肉食者
生活并计划未来的战争。我们无辜么?
这些战争并非偶然发生——它们出现得

太过规律。多少次我们掀起
我们脑底的盖板把一些杂货扔到
下面的厨房里?"继续烹调,
亲爱的,"我们说。"好事会由此到来。"

---

① Menelaus,希腊神话中的斯巴达王,海伦的丈夫。

俄国人

"俄国人本来就没几个医生在前线。
我父亲的工作是这样的：战斗
结束后，他会走在中弹的人中间，
坐下来问：'你愿意自己挺着
过几个小时再死，还是由我来了结？'
多数人说，'不要撇下我。'两个人会抽
一支香烟。他会拿出他的小笔记本——
我们没有狗牌，你知道——然后写下那人的
名字，他妻子的，他孩子的，他的地址，以及
他想说的话。烟抽完之后，
士兵会把头转向一边。我父亲
在战争期间就这样结果了四百个人。
他从没发疯。他们都是他的族人。

他来到了多伦多。我父亲在夏天
会拿着根软管站在草坪上，那样子
给草浇水。要耗费很长一段时间。他会跟
月亮，跟风讲话。'我听得见你在长'——
他会对草说。'我们来来去去。
我们彼此没有什么不同。我们都是
什么东西的一部分。我们有一个家。'我十三岁时，
我说，'爸爸，你知道他们已经发明洒水器了
现如今？'他继续给草浇水。
'这是我的生活。如果你不明白就闭嘴。'"

丰田车里的脸

假设你看见一张脸在一辆丰田车里
在某一天,而你爱上那张脸,
而那就是她,世界便疾驰而过
像尘土沿着一条蒙大拿街道飞扬。

而你向上坠入某个深穴之中,
而你无法分辨上帝与一粒沙。
而你的生命被改变,只是现在你
比曾经的你更加目无所视;

而这些被漠视之物前来将你埋葬,
而你被压垮,而你的父母
再也无能为力,丰田车里的女人
成为你看不见的世界的一部分。

而现在沙粒又再一次变成沙,
而你站在某条山间道路上哭泣。

写诗二法

"我是我所是。"我很诧异人必须付出什么
来说出这话。我始终说不出来。很多年
我总以为,"你是你所是。"但或许
你原本并不是。或许你本是别人。

山姆的朋友,一直喜欢诗歌,曾在
学校里踢足球即使他并不想踢。
他被击中了。后来他对我说,"我写诗。
我是我所是……但我的脖子很痛。"

多少次我曾经开始一首诗
在我知道那主要的声音会是什么
之前。我们发现。将近结尾
这首诗才刚刚开始成为它所是的那一个。

那很不错,但也还有另一种方法。
一个人挑选押韵的词,依此找到主要的
声音,在一个人开始之前。我很诧异
叶芝必须付出什么才能做到这一点。

一个不良信息的来源

在你体内有一个男孩大约三
岁大他不曾学会一样东西达三
万年。有时是一个女孩。

这孩子一早就得打定主意
如何挽救你免于死亡。他说过这样的话:
"待在家里。避开电梯。只吃驼鹿。"

你跟这孩子同住,但你不知道。
你在办公室里,是的,却跟这个男孩同住
在夜里。他懵懂不知,但他确实想要

救你的命。他已经救了。因为这个男孩
你渡过了很多劫难。他有六个大想法。
五个不成功。此时此刻他正在向你复述它们。

我对即将造访一个新朋友的疑惑

我很高兴一匹白马在那片草地上吃草
在你厨房的窗外;即使下雨时候
依然有个谁在那里。雨经常下
在山中。

我必须问自己我可以是哪种朋友。
你会想知道我刷不刷盘子,
或是我有什么故事分享,或是有任何华莱士·
史蒂文斯诗歌能背。

我知道我不会说个不停,或是偷
钱,或是抱怨我的房间,
或是暗损你,或是轻蔑地谈论
你的家人。

我恐怕会有一个时刻
我将辜负你,朋友;我会略微转
过身去,我们的目光不会相遇,而在野外
一个人都不会有。
　　写给约翰

造访沙岛

有人曾炫耀并试图说出真相
也曾饮酒并上床。有人
曾在夜里醒来并要他的儿女们
走在星空下这座岛屿的草中。

有人曾经走运。有人曾有眼睛发现了
星星。有人曾有脚发现了草。
有人曾热爱思想,曾了解要学的东西。
有人曾经可以在河中翻身或升或降。

有人曾以为他不走运,以为他没试过
说出真相。有人曾以为他的头颅是黑的。
有人曾试图像别人一样感觉不适;有人
曾沿着地面拍打要将狐狸引向自己。

告诉他,朋友们,巢窝如今已不见;
告诉他细小的嫩枝都散落四方。
告诉他要做的一切就是走在星空下。
告诉他狐狸早已吃掉了他的晚餐。

在本宁顿① 一星期的诗篇

星期天
狗耳朵

一点点雪。咖啡。被压断的枝条,
风;户外寒冷;但床上
很暖,在早早亮起的灯光下,读诗。

这些手指,这么红润,这么活生生,移行
在这本书中。这里是我畅游的手掌,
看上去像是属于我父亲的拇指,结婚戒指。

是时间准备好我自己了,如一个朋友的建议,
"不要在这里。"它会发生的。人们会说,
"那天盘子空空躺在棕色的桌子上。

"金纽扣在黑暗里独自闪亮。
光照进来,而没有什么眼睛将它接纳,
而点点碎冰悬在狗耳朵上。"

星期一
当猫偷了牛奶

嗯它就在那里。没什么事可做。
猫偷到牛奶就不见了。
然后猫偷你,而你被发现

---

① Bennington,美国佛蒙特州西南部城镇。

是几天后,有牛奶在你脸上。

这意味着你会成为任何
偷你的家伙。树木偷一个人,
而一棵老白桦就成为他的妻子
他们一起生活在树林里。

我们有些人一直想要
上帝偷我们。然后我们的朋友
就会呼叫彼此,并印制
海报,而我们将永远不被找到。

星期二
整夜开心

就仿佛老鼠在雪中始终是温暖的,
仿佛我的细胞听见了笑声来自罗马葡萄园。
老鼠睡着了不顾星星的残酷歌声。
我们欢笑又苏醒又嗅闻又再次睡去。

昨晚我的身体之内有几个人
彼此成婚只不过为了跳舞。
而萨拉·格雷特微笑得如此骄傲让男人们
在铺板上踢到了脚跟,但仍保持节拍。

哦我想那是我很久以前读过的书。
就仿佛我在一条长路上加入了别的读者。
我们发现死人悬在一块草坪上。
我们从草上取来露水洗我们的眼睛。
  给 S.B.

星期三
丧偶的朋友

  给 D.H.

我听见窸窣之声来自隔壁房间；他准备好了
要离开。"明天见。"一条长长的
感情线跟着他出门。他扛在
双肩之上——略微倾斜——一场离婚，

诗体学，婚姻之爱执著
如一条斗牛犬的嘴，一个祖父，祖
母。土地和死亡将他压倒，于是他
成为一个巨大的人在一座细桥上行走。

假如，此刻，他独自活着，谁会听见
早晨细声的咳嗽，谁会听见
老人唱歌时牛奶撞着提桶？
谁会注意到四十份草稿在黄纸上？

要靠我们去见他，给他打电话，说，
"留下来，朋友，跟我们一起，告诉我发生了什么。"

星期四
我们说这话只在

"这里有那么多东西值得去爱。"
我们说这话只在我们想要暗示
什么的时候——在我们注意到一个女人，
用她女性的勇气挥动一只手的次日。

203

我们说:"今天冰棱真的光彩夺目!"
或,"我们拿别人来逗乐吧。"
这话会让我们更亲近。或,"玛莎领着
她的狗出门走进了清晨的雪中。"

她伸手轻轻摩挲自己的脖颈,
或是她穿上靴子。一个声音在我们体内
说,"哦一个女人!让我们关上门。
让我们调情又不调情。让我们打牌与欢笑。"

星期五
伤人

好吧我干这事,而且干完了。
而且这事没办法挽回。
有一个伤口在我胸口
在我伤害了别人的地方。

但它会接合,或痊愈的,到时候。
这是你们说的话。
还有一些被我伤到的人
声言:"这样我才更好。"

那到底是实话实说还是
一个瘦男人带着把刀?
伤口会合起,或痊愈的
到时候。这是你们说的话。

星期六
屁股的想法

不要告诉我什么也做不了。
舌头说:"我知道我能改变事情。"
脚趾说:"我自有办法。"
心正在哭泣与回忆伊甸园。

腿认为好好奔跑一回就能做到。
舌头有免费机票;他将飞向天堂。
但屁股看见一切都是颠倒的:
它们要你把你的头放到那下面,

提醒一下心原本就是颠倒的
在子宫里,因此当你母亲,
对她要去哪里知道得一清二楚,
上楼的时候,你哪儿都没去。

要思考的事情

用你以往从未想过的方式去想。
若电话响起,想它是在运送一个消息
比你曾经听到过的任何东西都大,
其浩瀚胜过一百行叶芝。

想某人会把一头熊带到你门前,
或许受了伤又精神错乱;或者想一只驼鹿
已从湖水中浮现,而他的角上正顶着
一个你自己从来没见过的亲生子。

当有人敲门时,想他正打算
给你某样巨大的东西:对你说你被原谅了,
或没有必要一直工作,或是已经
确定若你躺下就无人会死去。

就仿佛有人陪伴着我（节选）

1.
就仿佛有人在这里陪伴着我，在这间
我躺卧的房内。耳朵感觉到的对声音的渴望
已经交给我那份甜蜜，被我误认为是她。

独自一人的欢愉，吃着词语的蜜。
白墙的房间，和史蒂文斯，和太阳。
这是灵魂的欢愉，已经保存了
它自身哪怕有跳蚤和肥皂在快乐的太阳之下。

一个人独处时并非独自一人，若是她
在这里。那是一个不为一人所爱的她，一个
有一个人爱的她，在一个人爱他所爱之时。

5.
我一直在想这些小小的冒险
在早晨的渴望中——这些登船启程，
乘圆形兽皮船在海上的短途航行，
经过远在下方的众生。

深沉的元音——或许是鲸鱼——哀叹
并歌唱于它们五英里下的石桌之前
在大洋底层。它们哀叹某种沦丧。
但那细小如鳍的声音，那些呃和喑

和噢和嘤，也在哀叹——我们不

知道是什么。也许所有元音都是在
创世前的凄楚一刻创造出来的——
一份它们此生从来无法歌唱的悲伤。

7.
这样很好,在床上稍待片刻,倾听
狡猾地隐在顺滑中的那个唉,
并在夏天的世界里嗅闻那两个呃。
我尤爱隐在木柴箱里的那个喑。

我像不像嗅探着松露的野猪,
后面跟着身穿大号裘皮的小气领主?
为了这份欢悦我需不需要宽赦?
云雀为它蓝色的蛋卵又需不需要宽赦?

因此那就是一件鸟般的事物,这
声音的取暖与隐藏。它们是渺小低微的
巢中天堂;现在我胸前的羽毛
变宽,现在我是一只老母鸡,现在我很满意。

当我的亡父召唤时

昨晚我梦见我的父亲召唤我们。
他被困在了某处。我们花了
很长时间穿衣,我不知道为什么。
夜里下雪;有长长的黑色道路。

终于,我们抵达了那个小镇,贝灵汉①。
他站在那儿,靠着寒风中一盏街灯,
雪沿着步道飘行。我注意到
那双大小不匹配的鞋子是人们在

四十年代初穿的那种。和工装裤。他在抽烟。
为什么我们要那么久才走得了?也许
他曾经把我们留在了某处,又或者我只是
忘了他曾独自一人在冬天的某个城镇?

---

① Bellingham,美国华盛顿州西北部城市。

梦者在缅因曾对我父亲说的话

我们醒时的海洋之光让我们想起我们的
老宅多么黯黑。那是家。像哈姆雷特,
造访维滕贝格①一次就够了,我们很快就将
回到疯狂的丹麦。我曾梦见自己站立

在一个机械车间;我的亡父站在我身边。
我们交谈,但他的双眼不离我的胸口。
我平生第一次对他说:"哦看着我
在我们谈话的时候。"我能看见幽闭小间

内有黯黑的工具,和一片沾油的粗糙地板。
黏结的窗,蜘蛛网,和一把黑色虎钳。
但我们窗外的阳光言说的是海洋
之光,骨之光,拉布拉多②之光,草原之光。

正是同一道光令刀剑闪亮,耀射
来自某些日子的爱达荷江流,来自瘦削的
临死一刻的面容。我对我父亲说,
"我们若能抬起眼睛我们就可以在那里。"

---

① Wittenberg,德国中东部城市。
② Labrador,加拿大东部大西洋沿岸一地区。

望着老去的面孔

有些面孔变老而依然是它们所是。哦
你能在那里看到失望,在家长-教师
会议已然侵袭了下巴的所在;或鼻子被
死亡推向一边。有那么多事情发生:
人纷纷迁离,或是你母亲发疯
并咬护士。

每张面孔都在子宫里待过很久来决定
它会让世俗之事影响它多少,
它会多么频繁地转向墙壁或树林,
好让它不必被看见,它会
让步多少,它会多么顽固地
坚持它自己。

有些面孔依然完好而璀璨。我们细察它们
寻找一点端倪。内蒂姨妈说:"我父亲
每天都扣上链扣。"这样的回忆
有帮助。一张面孔,剪影坚定如一只鹰,
过去常说:"世界是公平的,假如不是,
我认为是的。"

对于我们某些人,侮辱深深透入,或双脚
继承两条路却仍迷路;对于别人,寒冷
与饥饿到来。有些面孔改变。并不错。
而假如你看得仔细,你就能看到,

在我们刚醒后瞥我们一眼即知，
我们是谁。
　　给比尔和南希

一首圣诞诗

圣诞是一个地方,像杰克逊洞①。我们都同意
在那里一年见一次面。它有水,和草来喂马;
所有皮草商人都能进场。我们造访过此地
在小时候,但我们从来没听过好故事。

那些故事只在大帐篷里才有讲,在很晚
的夜里,当时一个设陷阱者,曾落入
自己的陷阱,困在冰水里的人,在讲着,一个
扎着马尾辫跛行的人从篝火边上进来。

小时候,我们知道它的意味远不止于此——
为什么有些人总在平安夜里喝得烂醉
未获解释,也不明白为什么我们有那么多回
近于流泪或为什么星星跑下来离得那么近,

为什么会丧失那么多。那些男人和女人
一千年来曾在无数的战争中死去,
他们那夜来了没有?是不是因此圣诞树
在我们刚要打开礼物之前颤抖不停?

一些事情始终与天使有关。我们曾经
听见在高空中甜美歌唱响彻原野的天使们。
天使从来确信无疑。但我们不曾
确信过我们的家庭在今晚是否配得上。

---

① Jackson Hole,怀俄明州西北一山谷,因狩猎者戴维·杰克逊(David Jackson)1828—1829 年曾在此设陷阱捕兽而得名。

我们这样的人
　　给詹姆斯·赖特 ①

还有更多像我们这样的。全世界
都有困惑的人,他们想不起
自己的狗的名字,在苏醒时,还有人
爱上帝却想不起自己先前

入睡时祂在何处。这样
很好。世界以此方式净化自己。
你想到一个错误号码时正值
夜半,你拨打它,它响起时刚好

救下一屋的人。还有爬二楼的家伙
把地址弄错,失眠者住在那里,
很是寂寞,两人便聊起来,于是那小偷
回去学校读书。即使在研究生院,

你也可能游荡着走进错误的教室,
而听见伟大的诗篇被深情地言说在
错误的教授口中。于是你找到自己的灵魂,
伟大得到一个卫士,即使在死亡中你也安然无恙。

---

① James Wright (1927—1980),美国诗人。

看鸟的神经元

我们现在必须思考那会是什么模样
身为老人。一些怪怪的小神经元，
原本是打造给高速奔跑者，以及快
手的挽弓人的，渐生疲倦。他们放箭

但随后便搁下他们的弓去看鸟。
肾细胞——"思考太多了！"中国人
说——四顾寻找帮助，可孩子们
都去了城市。你的朋友全被闪电击中，

而你的敌人依然活着。这事不会
好转。从电话线里吼叫的乌鸦
不将你纳入它们讲述的故事，它们似乎
还记得某个你没有听过的故事。

你又能做什么？我们必须要拢聚起
所有那些小人儿，他们到处游荡
在身体里，要让他们坐直了，来研究
这个问题：我们究竟如何死去？

坏人

一个人有一回告诉我说所有的坏人
都是需要的。也许不是所有,但你的指甲
你需要;它们其实是爪子,而我们知道
爪子。鲨鱼——它们又如何呢?
它们让别的鱼游得更快。板起面孔的人
身穿着黑色外套追逐你好几个小时
在梦里——唯有这办法可以把你
赶到岸边。有时候那些难搞的女人
将你抛弃会让你说出,"你。"
我们身上一个懒惰的部分像一枝风滚草。
它不会自行移动。有时候需要
很多的沮丧才能让风滚草移动起来。
然后它们就会席卷三四个州。
这个人告诉我说事情都是共同作用的。
差的手写字体有时会导向新的想法;
而一个粗心的神——他拒绝让人们
从知识树上获取食粮——可以导
向书籍,并最终导向我们。我们写下的
诗篇有谎言藏身其中,它们却略有帮助。

在一个会议上要更多的掌声

这事跟嫉妒有关。我不会说我嫉妒,
但我两岁时的确有过某些情绪。
现在我当然什么也不记得了。
我很高兴假如另一人所得的赞扬或关注

其实是我的。我讲话,然后那人紧接着我
讲话,而他得到了掌声。或是我很混乱
而她条理分明。这非常难以忍受。
我忍受它,但它会在巢穴内部引起麻烦。

那么这是一个哺乳动物的问题么?六只奶头可感
远在铁线般的毛皮之内,而我想要
不止一个?是这样吗?是的,但这样的贪婪
主要是一个属于小哺乳动物的问题。

而我不再是小的。我们且称之为情绪吧
在我们回忆不起的时候。我们且称之为一个
开口的习惯吧,当我们,本就拥有
很多,还要更多,连属于穷人的东西都要。

一场与一只老鼠的对话

有一天一只老鼠从他卷曲的巢中呼唤我:
"你怎么睡觉的?我爱卷曲。"

"嗯,我喜欢被拉长——我喜欢骨头
全都排开。我喜欢看到我的脚趾远远搁到那儿。"

"我猜想那是一种方式,"他说,"但我不喜欢。
星球并不是那样行动的——银河也不是。"

我又能说什么?你知道你正临近世纪
之末,当一只昏睡的老鼠提到银河的时候。

吃词语的蜜

(1999)

写给欧达莉亚 ① 的诗

在我二十五岁那年是欧达莉亚
救了我。她是火与雪的
女王。她是黯黑的
基督徒在爱的厄扎尔 ② 之中。

她混合了自己双乳的沁香
与字母;并将小男孩们原谅。
她是教堂过道里的克娄巴特拉 ③,
大主教床上的一小枝欧芹。

我听见欧达莉亚呼叫,"让耶稣离开
他母亲到我这儿来!"
犹大树 ④ 藤蔓从腹腔里长出。
世界是每一根黑发里的光。

---

① Eudalia,所指未详。
② Ghazals,一种中东与印度文学中的抒情诗体,常以爱情为主题并谱成歌曲。
③ Cleopatra(前69—前30),埃及托勒密王朝(Ptolemy)的末代女王。
④ Judas,即紫荆,因传说犹大自缢于其上而得名。

与世界一起回家

好吧,世界抓住我们。
一声鸟鸣之后我们
又置身其中。我们对
世界说:"干脆去

你的地方吧。"世界
说,"好啊。"一条海洋
贝壳的项链挂
在她卧室的墙上。

有一只点亮的海胆
在架上,和一只老虎的爪子。
好吧,让我们放松一下!
但很快那缺席的老虎

会前来——那只
总在想念自己爪子的雌兽……

写给我母亲的挽歌

父亲坐在一把椅子上看地面。
它会来的,我的宝贝。股骨连
到膑骨,而新西兰并没有
落后很远。今天是六月里的一天。

春天到了我已自由。窗帘摊
开在窗前像一次野餐中的女孩儿。
没有人的祖母已死去。男孩们
身上依然保留着龙塞沃① 的种子。

新人已经接管了汽车旅馆。这样
挺好。我们有什么权利可以把
轮胎扔进河里?普罗提努② 吃奶
直到十一岁。他看见了母亲

而她是最难看见的。老鹰母亲的
翼羽发亮。我母亲的灵魂走了。
某种无形的甜蜜将膝盖
与膑骨拢到一起,虽有普罗提努

或正因为有他,心中的火
继续燃烧。她的灵魂就活在
此刻窗帘内的阳光闪耀与风中。
父亲坐在一把椅子上看地面。

---

① Roncevaux,西班牙北部一市镇,传说中圣骑士罗兰(Roland,? — 778)的葬身之地。
② Plotinus(约205—270),古罗马哲学家。

那条追我们的狗

哦好吧。那个拿自己脑袋在一只
填满了鹅绒的枕头上思考整夜的人
了解,或试图了解,我们是否
我们说我们所是的东西。羽绒说否。

我们这边转那边转,试图逃离
我们的童年,后者一直在追着我们。
像一条狗!而我们是主人,
在前面领跑穿过高山的空气。

哦狗儿,靠近点。我们已经爬得这么
高了我们已经过了羊圈;而现在
我们正在移开石头。而那狗儿依然
不停地嗅着我们的脚一路上山。

确有这个欲望要走得更远一路上山。
难道我们没把自己足够彻底地交付给
高处的空气?我们尽可爬得更高,
但那样只会给狗儿带来更多的劳作。

一条狗,一个警察,与西班牙语诗歌朗读

拉斯帕尔马斯① 圣安娜广场

今晚我听到一条聒噪的小狗在吠
正当马其顿诗人念诵——用马其顿语——他的诗篇。
一个警察穿着他云般的制服
慢慢地向狗走去,用他的身体说:
"马上离开我们。顺这条小巷走下去。
重要的事情正在这里发生——老太太们
在倾听……你不会理解的事情。"

在我们头顶上的建筑物正面四个白人妇女
受托保管正义与非正义,战争与艺术,
举着她们的盾牌仿佛要说,"大地之上
男人只想要我们阻止它们吠叫。
高踞于此处我们孤单却与群狗分离。"

一阵短暂沉默后,那无拘束的小狗又开始了
吠叫,无视众诗人的节律。
一个卡斯蒂亚诗人此刻正澎湃地言说——
或许在掩饰他的吠叫,像我们所有人一样——
共有的词语:*la eternidad* ② 和 *la muerte* ③
还有 *la mar* ④。词语的声音暗示了——

---

① Las Palmas,西班牙加那利岛(Canary)港口城市。
② 西班牙语:"永恒"。
③ 西班牙语:"死亡"。
④ 西班牙语:"大海"。

以某种我们无人能够理解的方式——
我们作为人类曾比我们现在更好。
它们曾像一辆精美的敞篷马车载着我们
离开孤儿院更远离真理。
突然间我更加崇敬安东尼奥·马恰多①了
他在诗中早已打破了这场元音的沉睡。
我都能看见安东尼奥穿着一件大衣慢慢爬出
小马车，回身朝孤儿院走去。

---

① Antonio Machado（1875—1939），西班牙诗人。

想到《吉檀迦利》①

一个人漫步而行一路在想《吉檀迦利》,
而一只水貂从一段原木下跳出。我不知道
为什么是我要你坐在我的膝上,
或者为什么是我们的孩子可爱地跟我们说话。

回答此问就像是以聆听舒伯特
来谋划一个人的政治生活,或是让
你诗篇的长度由金鱼
在他的缸里转身多少次来决定。

我还真记得那个三年级男孩
曾说过,"我们是朋友,但还是打一架吧!"
就这样情感错综复杂地插入自身。
这个故事很有道理,我猜想,如其他

一切曾经发生过的事,当你
还在上学路上那时。而那些由我们母亲
交给我们的爱的姿态则被我们保藏
在某处,像泰戈尔所做的那样,直到它们

变成了上帝之爱的证据。

---

① *Gitanjali*,印度诗人泰戈尔(Rabindranath Tagore,1861—1941)的诗集(1910 年)。

对一头驴子的耳朵讲话

我一直在对一头驴子的耳朵讲话。
我有那么多话要说!而那头驴子等不及
要感受我的呼吸搅动他那浩大的
双耳之燕麦。"什么事已经发生在春天身上,"
我喊道,"还有我们曾经如此快乐的腿脚
在四月的跳荡里?""哦,千万别在意
这所有一切,"那头驴子
说道,"只要抓住我的鬃毛,你就
能提起你的嘴唇离我毛茸茸的耳朵再近点。"

亚伯拉罕[①]呼唤星星的夜晚
(2001)

[①] Abraham,《圣经·创世记》中希伯来人的先祖。

亚伯拉罕呼唤星星的夜晚

你记不记得亚伯拉罕第一次看见
星星的夜晚？他对土星高喊："你是我的主！"
他多么快乐！当他看见了黎明之星，

他高喊，"你是我的主！"他多么崩溃
当他看见它们落下。朋友们，他像我们一样：
我们把降落的星星当作我们的主。

我们是不忠实之星的忠实伴侣。
我们是挖掘者，像獾一样；我们爱感觉
脏土从我们的后爪之后飞出。

也没有人能说服我们烂泥并不
美丽。是我们的獾之灵魂在这么想。
我们作好了准备要把余生花费在

穿着泥污的鞋子在潮湿的田野中行走。
我们与爬虫王国里的流放者相似。
我们站在洋葱地里仰望着夜晚。

我的心是一只平静的土豆在白天，一个流泪的
弃妇在夜晚。朋友，告诉我怎么办，
既然我是一个男人爱上了沉落的星星。

复活节的赫雷斯 ①

请告诉我为什么羔羊爱上了狼
又为什么孩子的手指召唤锤子落下
又为什么在黄昏亚历山大 ② 向他的敌人走去。

告诉我为什么瞪羚吃草离狮子这么近
又为什么老鼠在蛇尾巴上玩起游戏
又为什么学生在受攻击时会低下头颅。

一块草坪在红杉林里能容一千颗羊齿草。
由此我们推断我们生活在爬虫的家中。
每棵卷曲的羊齿草都是他的舌头正在铺开。

诗人由每一片树叶打造一块草坪。
语言的每道弧线都变成一只羔羊的耳朵,
因为一个天才就是一个孩子在苦痛的屋宅。

我们谁都免不了某一种弯折在膝头。
寻找橡木的渡鸦发出的呱鸣在我们屋宅
周遭的树林里指引亚历山大走向夜晚。

老人在复活节歌唱的嗓音戛然中断。
在鼓掌之间,总有一个嗓音中断。
昨晚在赫雷斯有些人活了,有些人死了。

---

① Jerez,西班牙西南部城市。
② Alexander(前356—前323),古希腊马其顿王国国王。

摩西①的摇篮

法老的妻妾用她们的脚趾触碰泥土。
你我漂浮在摩西的摇篮里。亲爱的朋友们,你我
是被一张薄皮与尼罗河的无知分离开来。

鬼魂由地面的雾气构成自身。
朋友们,我们的灵魂湿润。"干的灵魂最好。"
普罗提努这么认为,但他十一岁还在吃奶。

有些孩子听得见死者说出的细语。
人们拼出藏在素数里的秘密。
妇女报告永恒早已吩咐她们去说的事情。

我们的摇篮,像摩西的一样,漏向尼罗河。
你我将永远没有一整天的光明。
三点钟,一道墙会吱嘎作响,否则一只野兔会死。

美已经抵达了浸透在初生之血中的我们。
当我们的眼睛睁开,鲜血溅到地板上。
那婴儿的世系交给我们一份对战争的兴味。

有些灵魂记性那么好,爬得那么高
他们被铭记到永远。但麦克白却坠落了
一千英里,当羽毛触到了他的脸。

---

① Moses,《圣经·出埃及记》中希伯来人的先知和立法者。

示罗① 的死者

"一种昏然麻木刺痛我的感觉。"② 济慈曾听见
夜莺从战争的所在地放声啼鸣。
那是射杀水牛者的砰然枪响。

偏斜的灵魂爱在爬虫的宅屋里打牌。
乌鸦昨天才抵达诺亚的船
有亚伯拉罕的泥土在他的趾爪间。

示罗曾像一味药剂暗藏
在纳切兹古径③上的粗糙树叶里。
所有的饮者都索要过它,并倒头入睡。

我们对加法与减法估价过高。
一万个牛顿用他们的方程式缠绕住
爬虫的尾巴也代替不了一个情人。

太阳鱼朝下方的芦苇打闪光。
月光滑入牡蛎闭合的眼中。
天堂的光拓宽青蛙的嘴。

---

① Shiloh,《圣经·士师记》中的古代城市,约柜的保存地;抑或指田纳西州西南部一地,美国南北战争中示罗之战(1862年4月6—7日)的战场。
② 济慈"夜莺颂"(Ode to a Nightingale),《拉弥亚,伊莎贝拉,圣艾阿格尼斯前夜,及其他诗篇》(*Lamia, Isabella, The Eve of St Agnes, and Other Poems*),1820年。
③ Natchez Trace,美国印第安土著开拓数世纪之久的森林小径,从田纳西州纳什维尔市(Nashville)延伸至密西西比州纳切兹郡。

浮子漂浮在阴影的杂草中。
但一只黯黑的钩子垂落得更远。
那钩子上别无他物而只有"告别"。

当我们成了恋人

你听见诗人歌唱时是笑还是哭?
"出自春天最初的温暖,也出自
铁杉的光芒……"① 那么便是铁杉,

在墓地的青草上摇摆着,
鼓动我们投入与世界的私情。
夜里我们与苔藓秘密会面。

当夜歌手歌唱时,你可曾留意老鼠
正经过?它们留迹如坠落的星辰。
难道你从没听见过蜀葵的哼鸣,

在寡妇门前催生它们多毛的生命?
墓碑汇聚起时间飘零的簇团
不然风会将它们散落在田野之中。

你和我一直爱着的月亮
很久以来总在上升,自从那一天
我们母亲在春日田野里挽住我们的手。

就是那天我们听见了铁杉的哭泣。
于是我们成了恋人;我们的路也定了。
我们曾为春天的温暖而笑与哭。

---

① 华莱士·史蒂文斯 "Celle Qui Fût Héaulmiette"(曾是制盔匠之女的她),《秋天的极光》(*The Auroras of Autumn*),1950 年。

莫奈 ① 的干草堆 ②

很奇怪我们对美的热爱会将我们引向地狱。
我瞥了你一眼，片刻之后
我的房子和书籍全都被掷入了火中。

柏拉图曾凭鲨鱼牙齿发出的光书写。
总有恐怖在安静的花园附近。
假如我们的结局不好，就让我们责怪美吧。

悲伤之马匹总是躁动不安，冲
出围栏，践踏邻居的花园。
最好的颂歌是由月光下的海盗所写。

当莫奈瞥见那草堆在秋天黎明中闪耀，
得知绝望和理性住在同一幢房子里，
他大喊道："我曾爱过上帝！"他的确爱过。

我曾一边走过杂货店的廊道一边哭泣。
光束冒出我的头发当我看见了你
我立刻发现自己在那些马匹的蹄下。

我的轻率曾是一直太过充满希望。
我的轻率曾是对秋天视而不见。
我向那些因我的烦扰而下地狱的人致歉。

---

① Claude Monet（1840—1926），法国画家。
② Haystacks，莫奈 1890—1891 年间的一系列画作。

何物曾让贺拉斯①活

男人和女人只在天堂度过片刻。
两个恋人观查理·卓别林吃他的鞋子,
再过片刻发现自己赤脚在坟墓里。

我知道我要的不止是和你一起过两年。
假如我妻子当初能吸收更多的残忍,
或许我本可以付钱让炽热的天使走开。

死人躺在床上他的大脚趾
翘起;就因为他的脚趾
他才能将婚姻的负担扛这么久。

有时我惊吓那个睡在地上的男孩。
他的头拢在两臂之间;他闻到的全是
土拨鼠被吃掉时遗落在身后的毛发。

土拨鼠多得跟天上的星星一样。
无论哪里任何东西一多,我们就麻烦了。
正是雪花的慷慨将我们引向自杀。

蝙蝠的翅膀是蚊子的救世主;
而鳕鱼渴望渔网。原来不过是
死的确凿曾让贺拉斯活了那么久。

---

① Horace(前65—前8),古罗马诗人。

欧达莉亚与柏拉图

荷兰人从 1500 年起一直在种郁金香。
一块荷兰田里有八千支郁金香。
每个世纪满都是恋人;所以不用担心。

风吹时云团飘过大海。
狄更斯知道连法庭上也有恋人——
无律师的恋人将获巨额赠予。

恋人的书籍永远向审查开放。
我们能看见罗密欧与朱丽叶在墓中,
和极小船只在神圣水域里的绘画。

恋人的身体永远在积攒与花费。
白天它的驴子汇聚成千上万的珍珠。
然后在夜里它花去地球积攒下来的一切。

欧达莉亚不会允许柏拉图靠近
恋人花园因为欧达莉亚知道
他如此傲岸,却害怕毁灭的荣光。

我知道爱情可以带来多少毁灭。
但夜里我曾在果园周围徘徊
希望捕捉到来自恋人之树的一息。

活板门

男人和女人只在天堂度过片刻。
然后一道活板门送他们下去找谬失理性之主,
幼儿袋鼠把我们一块装在小袋子里乱跑。

让我们一齐赞美从不提及上帝的圣徒!
来航① 一族为什么要赞美磨刀机?
我也不认为水去辅助磨石是正确的。

我的诗宅的四壁溅满了鲜血。
我不想内向。每天一千只老鼠
跑出我的房门前往丁尼生② 的屋宅。

大眼睛的阿拉伯人彻夜研习多年
并翻译了炼金术师们的碑文。
他们可以从风的膝头拽走墨丘利③。

才华横溢的贾比尔④ 十四岁就能编排
声音使之超凡入圣。朋友们,每一天
我都爬过去亲吻几本我爱的书籍。

---

① Leghorn,出自意大利西北部城市里窝那(Livorno)的鸡种。
② Alfred Tennyson(1809—1892),英国诗人。
③ Mercury,罗马神话中的神灵使者与商业、旅行、窃盗的守护神,亦指水星,水银等。
④ Jabir(721—815),波斯博学者、炼金术士、药剂师、哲学家、天文学家、占星家、物理学家、地理学家、工程师。

正是因为恋人们已遭放逐
到洋葱地的不存在之中
贫苦者才会醒过来吹奏感恩之笛。

汉尼拔① 和罗伯斯庇尔②

我们曾在上学路上看见车辙里有新冰。
一旦我看透了冰,连垂死的绵羊
也无法让我相信世界是不对的。

拣拾者在秋天漏拣了许多玉米穗。
后来,它们大都落下了地。那些穗儿
整个冬天都躺卧着触摸地面。

鸽子沉醉的啼鸣从果园升起
那里小羊羔站在它们的母亲身旁
说服了我投出我的命签与尘土相连。

请不要再坚持你的想法即人
是坏的而动物是好的。蜜蜂自有蜂巢。
每只老蛙都是一个罗伯斯庇尔之子。

反正我们的欢乐很久前就已被毁
为了秩序之故;男孩和女孩的愉悦
仍将遭受束缚哪怕卢梭③ 如愿以偿。

汉尼拔的大象从未返回非洲。
我们知道世界总要失去很多事物。但
即使战争也并不意味着世界是错的。

---

① Hannibal(前 247—前 182),迦太基将军。
② Maximilien Robespierre(1758—1794),法国革命者。
③ Jean-Jacques Rousseau(1844—1910),法国哲学家、作家。

向后走

朋友们,快乐只有一种而悲伤数以百计。
我们就住在此地的臭骨房舍里
靠近寡妇门,靠近惠特曼的智障兄弟。

即使屋顶上是黎明,夜晚依然在
此地,在甘蓝和猪仔之间,在
寻觅老鼠的猫头鹰翅膀的微光之间。

成年人往往陌生。萨沃纳罗拉 ①
在一块草莓地里很不自在,
而亚里士多德在慷慨之海边忧心忡忡。

母乳中有某样东西让意大利人
和希腊人全都惊骇不已。一滴奶
会造出一顶王冠,当它落回到奶中。

苏美尔人,将他们的铁笔按入湿泥,
寻到了路径去往他们那些白墙大城的
位置,就是循着奶水的气味。

在我们凌乱的世界里,我们都向后走,
每人手拿一个指向坟墓的马铃薯。
不忠与渴望之夜持续到永远。

---

① Girolamo Savonarola(1452—1498),意大利宣教士、宗教改革家,1497 年被逐出教会,一年后被处死。

想偷时间

人们正把大奶罐搬来搬去在
储藏室里,而我就在那儿。每天我将
装满无物的桶搬到一个不同的位置。

我想为我裤子上的锈斑向你收费。
当贪婪到来,我会搭卡车走上一程。
好多英里除了我的后背你什么也看不见。

每天午时当钟表的指针抵达十二点,
我就想把两个针竿绑在一起,
然后走出银行提着袋装的时间。

不要费心把诗人比附为圣徒
或超凡的存在。我们这样的人已经
雇人为我们的父母哭泣了。

我们有一种对无知的兴味,还有种喜好
在于打扮成名望的平庸。我们爱
与果戈理走在一起寻找死魂灵。

点数一行诗中的十二个音节
尽可使我们成为严厉的埃及人的盟友
他们的军队早被红海吞没。

卡尔德隆 ①

每只鼹鼠和猪仔都是太阳投下的一道影子。
每只麝香鼠,每只獾,每只刺猬都是一道影子。
这就是为什么它们可以在树叶里藏得那么好。

不要在我的房间里放花来安慰我。
不要对我引用卡尔德隆的秘密诗篇。
不要在行刑室里提自由。

每天我醒来,贪婪之主便觉察到
一种新方法来让我把自己的头低俯在桌上。
在一场婚礼中我连牧师都嫉妒。

无论我在哪个房间,他都希望我是
第一个,而我都同意。这么多的不公正
已经通过我进入了世界。

修院寺庙的焚毁被筑造为
我们的世界。在每个街坊邻里你都会发现
一个罗马将军住在卢克丽霞 ② 的屋宅附近。

有那么多种不同的雪花设计。
有那么多大比目鱼被捕入网中。
有那么多鲑鱼尾巴在黑暗里触碰。

---

① Alfonso Calderón(1930—2009),智利诗人。
② Lucretia,罗马传说中被强暴后自杀的烈女。

货车与悬崖

销钉失灵,货车越过悬崖。
医生迈步走出片刻男孩便死去。
我们或可就这一刻向爱默生① 提问。

请不要臆想只有人是贪婪的。
当一只乌鸦起飞,它笨拙的翅膀
能载送一千个曼德拉② 到岛上。

希波吕托斯③ 对女人的抗拒略微过分
于是海之女主便决定反对他。
他的马匹相偕将他沿着石头拖拽。

哀悼的鸽子从栅栏柱子上鸣唱
在我孩提时将整个乡村唤醒。
但一只鸽子的胸骨是一座欲望的教堂。

有时圣徒让我们看上去比实际更好。
我们的祖先,在护照相片上,曾经知道
一只鸟被赶出自己巢穴的声音。

---

① Ralph Waldo Emerson (1803—1882),美国作家、超验主义哲学家。
② Nelson Mandela (1918—2013),南非反种族隔离革命家、慈善家,1994—99 年任南非总统。
③ Hippolytus,希腊神话中的英雄忒修斯(Theseus)之子,厌憎性与婚姻,被继母淮德拉(Phaedra)指控强奸,忒修斯使用其父海神波塞冬(Poseidon)的诅咒,遭海怪惊吓其马,致其坠下马车而被拖拽致死。

因为我已经对失败习以为常,
某一丝悲伤的烟霾吹送出这些诗篇。
这些诗是被冬天的风吹开的窗门。

原谅邮递员

让我们庆祝又一天被失落给永恒。
一分钟接一分钟我们将故事勉力维持。
但蜘蛛总在他的路上夜复一夜。

邮递员并不是那个毁掉我们生活的人。
风与一百万粒沙子有染。
每一粒沙子都比薛西斯① 更有权力。

我们睡在子宫的那几个月里,
造物主曾交付给我们一种战争的兴味
所以我们生来就被抵押并嚎叫不停。

包法利夫人② 无法忍受美好的生活。
她像我们一样:她要的是耻辱的夜晚,
撕碎的衣衫,反复无常的心。

我们的贫穷随我们的财富自然而至。
男人与妻子在早餐时感到的痛苦
每一天都回溯到天堂中的决定。

你会对马勒③ 说些什么谈及他

---

① Xerxes(约前519—前465),波斯帝国国王。
② Madame Bovary,法国小说家福楼拜(Gustave Flaubert, 1821—1880)同名小说(1856年)的主人公。
③ Gustav Mahler(1860—1911),奥地利作曲家、指挥家,长女5岁时死于猩红热与白喉。

早逝的女儿？维也纳曾有封闭的马车。
弗洛伊德①曾试图治愈我们悲伤的不充分。

---

① Sigmund Freud（1856—1939），奥地利心理学家，精神分析学家，哲学家。

鹦鹉学习之道

我怕跟你谈论我的小脚趾,
因为我知道它永远不会赞成禁食。
我拥有的唯一盟友是我的脚掌。

我们都靠近我们贪婪的灵魂活着。
我们继承了那么多的渴望
在另一个世界里我们就名叫"那么多"。

一茶匙的嫉妒曾经足够我拿来
攻击罗伯特·洛威尔①;用一把汤匙
我本可迎战亨利·詹姆斯②和阿贝拉③。

驯鸟师曾将一只鹦鹉放在一面镜前,
并置一人在后。那鹦鹉,假设
当时是一只鹦鹉在讲,会学习说话。

或许如果上帝会架起一面镜子
并坐在后面,说话,我就可以相信
那些慈悲之词本是由我而来。

为什么要公鸡检查他斩首的
每个细节?且让我们留一些黑暗
围绕我们曾在路上起舞的日子。

---

① Robert Lowell(1917—1977),美国诗人。
② Henry James(1843—1916),美国小说家。
③ Peter Abelard(1079—1142),法国神学家、哲学家。

伦勃朗 ① 的戴一顶红帽的提忒斯像 ②

光落在一张脸的一半之上足矣。
让另一半归于静谧的阴影,
那碗面包投在祭坛上的阴影。

有些绘画就像一匹马的进食处
在谷仓后面,那里单单一束
光从一道天花板的裂缝中降临。

描画明亮色彩可能在伪造世界。
太多窗口导致艺术家躲藏。
太多充分照明的脖颈召唤斧头。

红帽之下,提忒斯的眼睛向我们暗示
他如何困惑于世界的美好——
蜻蜓匆匆奔向其死亡的方式。

那么多股力量想要杀死这年轻的
已获赐福的男性。神圣家庭 ③
在去埃及的路上不得不躲藏很多次。

提忒斯领受一场黑暗的散射。
他由浸透在洋葱里的水施洗礼;
父亲以在夜间洗净儿子来将他守护。

---

① Rembrandt van Rijn(1606—1669),荷兰画家。
② 油画,约作于 1657 年,提忒斯(Titus van Rijn,1641—1668)为伦勃朗的第四子。
③ Holy Family,基督教中由耶稣、圣母玛利亚和养父约瑟组成的家庭。

尼科斯和他的驴子

我们讲讲那个美好故事吧那天尼科斯,
跟他的驴子和鞍囊一起到处游荡,
有一天出现在一座寻神者的农场前。

当他敲门时寻神者们都走了出来。
他们迎接他,给他茶喝,带
他的驴子去马厩里吃燕麦饮水。

"留下吃晚饭吧,"他们说。他多么高兴!
他们喝了好几个钟头的茶。晚餐来了。
他们全都吃得兴起就开始跳舞。

寻神者们反反复复地颂唱两句歌词:
"相比上帝之音,我们的歌无非一场嘶鸣;
一千根毛发的芳香是多么的美丽!"

早上,他说,"我可以拿我的驴子吗?"
他们说:"你什么意思,你的驴子?
你进过了餐!你跳过了舞。你唱过了歌!"

我们爱过了多年的驴子可能会被杀死
并被烹煮在我们歌唱不停的一天。
我们不要写哪怕一首没有感恩的诗。

皮策姆和母马

让我们讲讲另一个故事有关皮策姆和他的马。
当他所爱的那一个搬到山里的时候,
他买了一匹母马和一个马鞍便启程上路。

他整日骑行,他的耳朵里冒出火来,
并且彻夜不停。当缰绳落下,母马立刻就
明白了。她转过身直奔谷仓而去。

谁也没告诉皮策姆,但他的马已经留下了
一匹新驹在马厩里。她什么也不想
整天只念着他俊美的脸和脸上的长鼻子。

皮策姆!皮策姆!你已经失去了多少时光!
他又一次把那座山放到了母马的两耳间。
他掌掴自己的脸;他是一个好恋人。

而每天夜里他都再一次入睡。朋友们
我们找到我们真正妻子的欲望是伟大的,
但母马对她孩子的爱也一样伟大。请

理解这一点。那旅程是一场三日之行,
却花去了皮策姆三十年。你和我都曾
骑行多年,但我们离家依然仅仅一天。

乡村路

昨晚在梦中,我喝了泡在
已然失效的铁中的茶;在底下
我看见一把旧干草叉被毁坏的尖齿。

我们留在身后的一切都是物证,
连我们的指甲屑都是。因此我的旧衣服
就是我的裸体之爱的物证。

好几个月里每个人都说我们的坏话,
于是我有了对你最猛烈的爱。
人们依然想用说坏话来激励我们。

这星期有多少次我曾想要哭泣。
很自然,像加拿大黑雁的啼鸣一样
它们在渐暗的芦苇之上呼叫彼此。

在我早年的诗中我赞美过那么多失去的事物。
十月里蟋蟀的鸣叫将它们送入
夜空的方式在当时感觉很适合我。

每一种求知的方式都为贩私者所祝福。
因为政府不允许愉悦
被售卖,你必须在乡村路上找到它。

赞美学者

毛茸茸的影子正将礼物带到我们的门前。
我们无处可住除了跟鼹鼠一起。
我们只得在悲伤的屋宅里偿还抵押贷款。

这个世界以离别的木瓦为顶。
孩童滑下他们母亲的膝头；
房门向内通往沉默的妻子和丈夫。

终其一生我父亲都在写下数字
用一支又短又钝的铅笔。甚至亚里士多德
也发现自己被困在他黑暗的理性之中。

现在搬家太晚了，朋友们。我们必须偿付
多年——是的！——而利率是固定的。
那会需要我们的一生，像我们的父母一样。

数以百计的学者在地下室工作。
他们是一万种事物的好学生。
没有他们我们会永远处于交战状态。

只有一项抵押贷款却有那么多种偿付形式！
有一种和平却有那么多种战争形式。
毛茸茸的影子正将礼物带到门前。

窗口的鱼

"鱼在渔夫的窗口,"谷物
在门厅里,"猎人在野鸡掉落时叫喊。"
那叫喊从亚当的胸膛深处升起。

大拖网渔船拖入闪亮的尸体。
马的牙齿将黑夜扯离昏睡的白昼。
我们都像尼布甲尼撒①双膝跪地。

因为贪婪的灵魂在子宫里便有了牙,
不止一个双胞胎儿死在最安全的地方;
我们落进了医生手中两眼满是迷惘。

当我们继承了牙齿我们便继承了许多。
我们将永远没有一整天的和平。
一匹老马会死去否则一栋房子会起火。

每个黄昏我们伸手去拿邻居的食物。
每个夜晚我们爬到想象的床上;
每个午夜我们与土星一起造访黑暗。

我们可以继续坐在礼拜会所里,
但我们体内那贪婪的一位仍将存活。
一声来自乌鸦的啼鸣含有另外一千声。

---

① Nebuchadnezzar(前605—前562),巴比伦国王。

蒙塞拉特 ①

为什么上帝允准了蒙塞拉特的陷落
并无解释,亦不得而知为什么牲口女王
将我那一头小牛驱入了屠宰场。

我的诗全都悲伤。怎么可能是别的样子?
法官和罪犯住在我自己的房子里。
我不停地碰上秘密的法庭诉讼。

为什么我们只在战时才成就系统组织?
我想知道为什么那么多索福克勒斯 ② 戏剧失传,
又为什么上帝每晚要变成一头公牛吃草。

在我二十六岁时,我将喂养了我的词语送去
被杀死,连同维系了我与他人的元音一起;
我的语言之腓被切碎然后扔进了沟里。

我的小小才能被压在了水底,
而我呼吸的两瓣肺叶里装满了谎言。
假如我原先曾是人类,事情本会更糟。

---

① Montserrat,英属西印度群岛的背风群岛(Leeward Islands)中一岛屿,1493 年由哥伦布发现并命名,曾为英国和法国交替掌控,现为英国海外领地。1995 年后因苏弗里耶火山(Soufrière Hills)多次爆发,该岛南部已撤空。
② Sophocles(约前 496—前 406),古希腊戏剧家。

罗伯特，你现在已经抱怨够了。
有关索福克勒斯的这一切都太过分。
收拾起你的苦痛回家去吧。

法国将军

无论何时耶稣出现在污浊的井边,
我就跟我的五百个丈夫一起在那里。
提起他们的名字要耗去耶稣整天。

成长中的灵魂渴望征服,但
体内那些小人将它拖进苦难。
有许多孩子是羞耻的天性。

尘世的名字是"多,多,多"。爬虫
送出他的裂舌并将它挥舞
在弥漫着许多黯黑拿破仑的空气中。

将军结束生命是在一间小木屋
内有湿床单和无用的法国法郎纸币;
他把他的旧进攻计划藏在床垫下。

我对爬虫说:"这是你的房子。"
我带报纸来把他的巢窝弄得舒适。
那是想要拥有很多妻子的天性。

那么多穿救生衣的筏夫都被拖下水。
那么多船只在夜里被掀翻。
哪里有水哪里就有人行将溺死。

伊普勒①战役,1915年

塔穆兹②,亮闪闪身披羽毛,去到冥界。
那泥炭沼泽之人斜着脸倒地而睡。
不用担心;这意味着春天来了。

赤身裸体的人们爬进隧道去找回巨大的
蛇。若被倒拖出来它们不会反抗。
啊,朋友们,世界将我们倒拖出来。

有人说每一小块铁被我们从地里拖
出来,并打造成形,我们都须有所付出。
在伊普勒我们为宾利车付出了高昂的代价。

某个贪婪的部件渴求灾难,渴求事情
出错,渴求战争开始。很多人
在轰炸行动被取消的时候大失所望。

各种事件时不时证明我们错得彻底。
三贤士③在夜间被一颗卫星误导;
而一只兔子在我们的复活节以人献祭。

我们在战争那一早的欢乐是短暂的。

---

① Ypres,比利时西北部城镇,近法国边界,第一次世界大战中在此发生的数场战役造成约一百万人伤亡。
② Tammuz,美索不达米亚神话中的农作物季节性死亡与重生之神。
③ Magi,由东方来到伯利恒(Bethlehem)向圣婴基督耶稣致敬的三位贤人或巫师,参见《圣经·马太福音》2:1—12。

未几我们便已进入了某一场灾难。
连星辰这回也不会拯救我们。
　　给马丁·普莱希特尔①

---

① Martín Prechtel,美国作家、教育家。

绿色原木筏子

诗歌是一门行当适合屠宰者
与操刀者。地上的生命需要很多杀戮
来产生猎豹柔软的跳跃。

上帝曾令我温驯;但写诗,
连同它那整整一群必须被拯救
或被谋杀的意象,已令我变得凶猛。

这世界的主判处他的一半朋友
死刑。音乐为此作证。音符
挥着它们的手臂沉入寒冷的大西洋。

多少年里我曾呼唤里尔克① 与勃姆,
我曾紧握小树枝;我曾细察
瀑布依然抓着理性的枝桠。

假如我们跌下瀑布也没什么要紧。
我记得多少羔羊死在了农场上。
反正我们的欲望一夜间即可重整自身。

我的情感被塞进了巨人的嘴里。
有些婚姻就是木筏。我看见过水在
绿色原木之间。不可思议你拯救了我。

---

① Maria Rilke(1875—1926),德国诗人。

巴珊① 与弗朗西斯·培根②

"认识世界的五种方式"令我担心。
鸫鸟有那么多细小羽毛围绕着它的喙
一千种认识方式或许更接近一点。

有些住在神殿里的古老灵魂感到过
这样的恐惧其总量等同于上帝
在第二次创世期间留在人心里的黑暗,

于是他们在一个内室里藏起了自己,
而从不低下头去看那些高草
亚当曾坐在那里用第一把火杀死兔子。

就在巴珊即将出生的时候,
他的灵魂从那一群灵魂之间被选中
后者曾将他们的目光从窗前移开。

这就是为什么巴珊可以行走一百
英里只用两小时并且刚好及时抵达
来把钱交给可怜的女儿让她完婚。

这就是为什么弗朗西斯·培根从未能懂得
世界如何允许自己被爱,亦难理解
约瑟的衬衣如何能从埃及回返。

---

① Baal Shem,在希伯来语中意为"名之大师",指懂得用上帝之名行治愈、奇迹、驱魔、祝福等神秘法术的拉比。
② Francis Bacon(1561—1626),英国哲学家,政治家。

纳切兹 ① 客栈

让我们就待在这里为陈谷子哭泣。
我们已花了几个钟头沉睡,而另外的,
几十个钟头,则被拴在黑马身上。

我们最爱的那些钟头带有烧焦的
星星味道;但我们非得赞美过上帝
好几个钟头那烧焦的一分钟才会出现。

无论何时我们放下一只脚,都会被绊住。
我们走的步子类似那些纳切兹客栈
里面每个枕头都盖着一把打开的刀子。

鸟可以透过它的喙连唱好几个钟头!
它小心啄食它的谷子。但我们,这些
健忘之子,却吃大叫而死的肉,

我们非得与失望催化剂战斗一年
来爱一颗行将消失的恒星片刻,因为
任何星星都可以载我们靠近猎户腰带 ②。

对我坦白:告诉我有多少个死去的钟头
已经被你吃掉,谁已经被你杀死
在等待这颗行星的主宰入睡的时候。

---

① Natchez,美国密西西比州西南部城市。
② Orion's Belt,猎户座内由参宿一(Alnitak)、参宿二(Alnilam)和参宿三(Mintaka)构成的星群。

契诃夫的甘蓝菜

有些赌徒放弃精心打造的白昼
为了近水而居。没关系。
河上一个白昼值一千个夜晚。

正是我们对毁灭的吸引让我们得救。
而灾难,朋友们,带给我们健康。契诃夫
用他黯黑的甘蓝菜将天空撼动。

威廉·布莱克① 曾经认得那凶猛的人,
易于发怒,戴着枷锁,威严,他俯身
用他的卡尺丈量世界的废墟。

要让我在今晚快乐所需如此之少!
四小时的哭泣即可,假如我们回想
我们的生命有多少是一片废墟,并予以赞同。

蝴蝶花费整个下午凝神专注
于醉鱼草丛之上;人类则吸入
一千个废墟之夜的芬芳。

我们将一垄垄悲伤种在了底格里斯② 河边。
收获者们会在时间的尽头进来
并报告说废墟的收成一直都很好。

---

① William Blake(1757—1827),英国诗人、画家。
② Tigris,亚洲西南部发源于土耳其东部的河流。

洞里的鳗鱼

我们的血脉开向阴影,我们的指尖
漏向谋杀。不过是公诉人的
漫不经心让我们得以去吃午饭。

读着我的旧信我注意到一个秘密愿望。
就仿佛是另一个人规划了我的一生。
即使在黑暗里,也有人在拴马。

那并不意味着我一直做得很好。
我已经发现了那么多方式去羞辱
我自己,并扔一块黑布盖在我头上。

假如我们陷入欲望为什么是我们的错?
鳗鱼从他的海底洞穴里伸出头来
引诱细小的灵魂掉出天国。

那么多看不见的天使一同努力
不让我们溺水;那么多手伸
下来将游泳者从水中拉出。

即使地方检察官让我保持
头脑清明,神恩有时也会允许我
溜进夜间的阿尔罕布拉①。

---

① Alhambra,西班牙格拉纳达省(Granada)的要塞,内有宫殿,亦指美国加利福尼亚南部一城市。

伦勃朗的蚀刻

交叉阴影线将夜晚送入白天，
恰如驴子将它的货物送入埃及。
我是一个乞丐伸手乞求黑暗。

猫无法解释老鼠多么酷爱
它的黑暗茶匙；我们也不懂为何我们
如此焦渴地呷饮用一支锐笔刻就的池塘。

这是什么？一个僧人和一个女孩在玉米地？
他无法阻止自己的种子生长不啻于
玉米粒挡不住玉米越长越高。

歇息的猪心满意足，绑着一条腿，
至少暂时如此。她在地上趴得很久；
再也不记得小男孩或煮开的水。

约瑟① 需要一只灯笼在他和玛利亚
无声而行穿过夜晚之时。驴儿
正打算放下它的蹄子在那片黑暗里。

别的没什么可讲。去埃及的路
很长；四面八方都有敌人。
而阴影画法与阴暗朦胧也无所不在。

---

① Joseph，《圣经·新约》中圣母玛利亚的丈夫。

主红雀的啼鸣

主红雀的啼鸣在盖提斯堡①曾经能听见。
有些星星别无选择唯有沉落西方。
在诞生的谷仓里永远是夜晚。

酒商们酿制的浓烈红酒来自
罗马人死去的战场;我们知道千百个
母亲爱过水牛杀戮者的手。

每首诗都是一块遮布掩盖赤裸的某物。
艾米莉·狄金森的诗全是披巾由
无知与疯狂者被拉长的头发织成。

鸭子正游进游出芦苇荡
在扁桃体的沼泽湖泊之中。
一个猎人向飞过的一切射击。

小丑的斤斗是那繁茂丰盛的一部分
后者将死亡催生,伴随着苦涩的
浆果,木炭,和最初的雪。

你正在阅读的搅乱者一直在对你撒谎
时常是因为他不想看见有多少
事情无法被挽救即使亚伯拉罕归来。

---

① Gettysburg,美国宾夕法尼亚州南部城镇,美国内战中最大战役(1863年7月1—3日)的遗址。

伦勃朗所作老圣彼得 [1]

诺亚的船并不载着它的大象航行到永远。
猴子的鸣声中断又再次开始。
甚至羞耻也不会持续一生。

"那时天很黑",彼得曾言。"我们很孤单。我们
仅有一支蜡烛照在罗马士兵的
钢铁胸铠上。整个镇子都睡着了。"

我们是我们朋友唇上的泡沫。
每一次他们转头,我们就漂向地极。
我们逝入众多然后回返。

谁能说,"与上帝同在,余者皆无物"?
谁能说,"我是不信神者的子孙"?
谁能够等待一个月才饮水?

我们在昨天五点钟陷入了哭泣。
我们哭泣是因为奴役已经回返。我们哭泣
因为整个世纪已是一场失败。

哦彼得!彼得!你身后的夜是黑的。
一束光落在你废旧的脸上。
你又能做什么除了举起手来寻求宽恕?
  芝加哥艺术博物馆

---

[1] 伦勃朗曾作若干幅以圣彼得(St. Peter,《圣经·新约》中耶稣基督的使徒之一)为题材的画作,此处所指未详。

为何是火花的错?

灵魂爱上了沼泽地和蜗牛,
爱上了淤泥、黑暗、风、烟和火。
黄瓜和甜瓜领我们回返天堂。

为何是火花的错假如一把锤子
击打热铁块的瞬间火花弯向地面?
在七月连闪电也无法自禁。

意大利提琴手永远都准备演奏
靠近浪子被围栏圈起的床
而一个丰满女人用一把小刀削一只梨。

要让灾难被铭记在我们的诗里。
我们的记忆以毁灭为食恰似母牛
站立在周围从河水中啜饮。

谁代表甜瓜?塞斯①,亚伯拉罕,
和闪②。蚱蜢的轻盈暗示
它们正从草中汲取些许小提琴音乐。

请原谅我假如我知道那么多词语
又说得那么少。那圣词卡在我喉中,
因为某种力量不想要我跟随亚伯拉罕。

---

① Seth,《圣经·创世记》中亚当与夏娃的第三子。
② Shem,《圣经·创世记》中诺亚的长子。

奥古斯丁 ① 在他的船上

每一次我们在尼罗河边放低一把小提琴,
低 G 弦便哭泣;就像一条丝带发出
的哭声当一只渡鸦将它带进他的窝巢。

没人知道美洲虎的须髯是什么感觉
浸没在圣方济各 ② 的浴水之中。
我们每个人都须谨慎谈论优胜于己者。

拘泥词句者如何能用他们沉重的嗓音
透过鸫鸟纤细的喙说话,或者火花,
独处于湿牛粪里,又怎样呼唤它的朋友?

那么多赘肉闷绝海狸身上缓慢
的骨骼甚至连光线都难以
经过从尾巴的尖端走到头盖骨。

或许这就是为什么兰波 ③,他的金牙
被如此精妙地调谐对应语言的
银河,仍可以到死都是一个奴隶贩子。

---

① Agustine of Hippo (354—430),出生于阿尔及利亚的古罗马哲学家,神学家。
② St. Francis (1181/1182—1226),意大利主保圣人,天主教方济各会 (Orden Franciscana) 创始人。
③ Arthur Rimbaud (1854—1891),法国诗人。

每年秋天克拉肯① 都出现并用
他的诺斯替式② 肢臂轻拂船的外壳
夜里奥古斯丁就行走在它的甲板之上。

---

① Kraken,挪威传说中的巨大海怪。
② Gnostic,诺斯替派(Gnosticism)为公元后最初几个世纪地中海与中亚地区的跨宗教信仰,其主旨为通过超凡经验或"灵知"(Gnosis)获取知识。

困难的词

橡树无奈让它们的树叶掉落,
并迟疑地允许它们的枝桠光秃;
熊在分离中度过整个冬天。

婚姻之美就美在它消解
所有早先的结合,并引领夫妇
一起行走在分离的道路上。

那是一个困难的词。此念令我们恐惧
就是这颗行星连它所有变黑的鹅
不是为结合而是为分离创造的。

假设有一条龙盘卷在每一滴
水中,守卫着它的黄金。很可能
丰盛所有的效果恰与分离相同。

我们人人都曾欣然漂荡在愚妄的
子宫之欢悦里;可当我们的嘴唇触到
我们母亲的乳房,我们却说,"这是分离。"

那正是我的渴望要去抚平鸟的
羽毛并触摸马匹的毛发好几个小时
它已引领我在分离中度过了一生。

讲故事之人的方式

就是因为讲故事之人始终如此忠实
所有这些不忠的传说才真相大白。
召唤不忠实者正是忠实者的天职。

我们的使命是吃沙,我们的使命是忧愁,
我们的使命是煮灰,我们的使命是死去。
蚱蜢的方式就是忠实者的方式。

即使你是一个拘泥字面者,也当接受
邀请去参加普路托 ① 的结婚大典。
难道你还没有获悉星星是忠实的吗?

每一个星球,都有一百万个水母
倏忽而过分不清夜晚与早晨。
那么这海里满是不忠实者还是忠实者?

一个讲故事之人必须记住每个
语言的转折好让我们大家都知道
国王决定背叛忠实者的那一刻。

我的一生清楚表明我是一个浪子
在可疑的客栈里最爱小提琴。
我甚至在身为不忠实者这事上都不忠实。
  给乔娅·廷帕奈利 ②

---

① Pluto,希腊神话中的冥王。
② Gioia Timpanelli(1936—),美国作家、讲故事人。

这份财富是如何产生的

很难了解这一切财富如何来到了世上。
以实玛利 ① 并非创生于一场与一条鲸鱼的战斗。
海洋之深尚不足以创生梅尔维尔的灵魂。

我们中间的饥饿之人不是来自我们的种子。
我们的宿敌是亚当的先祖之一。
他曾站在边上望着第一个灵魂的阴影。

方舟曾漂浮数月;但所有那些
从方舟上下来的都知道亚拉腊山 ②
之高并不足以造就亚伯拉罕的灵魂。

橡木曾几何时遮暗了几乎整个大不列颠,
覆之以树叶。但松鼠上下翻遍了
一百万棵橡子却找不到乔叟 ③ 的灵魂。

你知不知道先要有多少块巨石被磨得
粉碎方可造就一平方英寸的撒哈拉?
或许是月亮催生了曼德拉的灵魂。

---

① Ishmael,《圣经·创世记》中亚伯拉罕与妻子撒拉的使女夏甲所生之子;亦是美国作家梅尔维尔(Herman Melville,1819—1891)小说《白鲸》(*Moby Dick*,1851 年)中的叙述者。
② Mount Ararat,土耳其最高峰,传为《圣经·创世记》中诺亚方舟的栖所。
③ Geoffrey Chaucer(1340?—1400),英国诗人。

有一个神秘关乎耶稣的诞生。
在圣诞前夜落到地上的所有雪片
最终的确改变了罗马人灵魂的重量。

诺亚看雨

我从来不曾理解众多会导致战争,
也不明白石头会像火上的汽油。
我从来不曾知晓马掌会渴望夜晚。

我二十几岁一直在蛋白石矿里干活。
没有人打得开萨图恩①屋宅的门。
我别无选择只得居住在我父亲的夜里。

我仍是一只老鼠啮咬着忧愁的巧克力。
我是一个阿尔比派②在读保加利亚语的经文。
我是一个男孩乘夜步行穿过英格兰。

每一次我们折入我们左手的手指
我们都再一次将我们祖先彼此拉近,
这样他们夜间卧床就可以躺在彼此身上。

不久我们的祖父和祖母将亲吻
多一回。随后死亡会戴着他的犹太帽子前来,
并吩咐诺亚开始赞美下雨的夜晚。

即使我知道无论何时我说出这个词
丰盛,我都是在给自己出难题,
我没有其他方式来表达我对夜晚的爱。

---

① Saturn,罗马神话中的农神。
② Albigensian,1145 年传入法国南部阿尔比城(Albi)的中世纪基督教派成员。

倾听

鹅哭叫,根本没办法救她。
那么多吱吱尖叫来自河边的窝巢。
假如上帝不听,为什么我们却在倾听?

非常深的水覆盖大半个星球。
每当我看见它,我就想起圣约翰①。
深水别无治疗之法而唯有倾听。

国王和王后早已了解爱情;
他们寻找彼此搜遍整个甲板。
我们打牌的时候,他们在倾听。

我们死去那天,我们人人都会像鱼
骤然从水中疾跃而出。
对他而言,那是所有倾听的终结。

像数以千计的他人,我吃着甜菜汤
在某个俄国酒馆。人们从天堂
写信给我,但我并不在倾听。

隐士曾言:"因为世界疯了,
穿过世界的唯一途径就是学习
诸艺并将疯狂倍增。你在不在倾听?"

---

① St. John,《圣经·新约》中耶稣基督的使徒之一;亦指美国维尔京群岛(Virgin Islands)中一岛屿。

就这样吧。阿门。

有些人不希望克尔恺郭尔① 是
一个驼背,他们正在给塞尚② 找一个妻子。
很难让他们说,"就这样吧。阿门。"

当弟子们在路上发现了一条死狗,
他们捂住自己的鼻子。耶稣走上前道:
"好美的牙齿!"这是说阿门的一种方式。

假如一个小男孩连续越过七道障碍,
而刹那之后便是一个老人在伸手取拐杖,
对它的倏忽迅捷我们能说的只有阿门。

我们总是想插手干预当我们听见
食品贩子正要跟错误的人结婚,
但在一个婚礼上说的最好话语是阿门。

我们废墟的葡萄种植了好几个世纪
在凯德蒙③ 曾经赞美银河之前。
赞美上帝吧,妈的上帝是阿门的所有同义语。

克里特④ 的女人爱年轻男人,可是当
"深水之子"死在浴缸里,
而她们亮出玫瑰色的水时,玛利亚说阿门。

---

① Soren Kierkegaard(1813—1855),丹麦哲学家。
② Paul Cézanne(1839—1906),法国画家。
③ Caedmon,7世纪盎格鲁-撒克逊僧侣、诗人。
④ Crete,希腊岛屿。

黎明

有人爱守望黎明呈现的柳珊瑚丛，
眼观夜幕自鹅翼 ① 垂落，耳听
夜海与黎明展开的对话。

假如我们找不到天堂，总有冠蓝鸦在。
现在你知道为什么我二十几岁都在哭泣。
哭泣须出自那些在黎明醒来困惑的人。

亚当曾受请求去命名红翼的
乌鸫鸟，菱背响尾蛇，还有环尾的
浣熊，在黎明的小溪中洗濯上帝。

多少世纪后，美索不达米亚的诸神，
披着发卷竖着耳朵，现身了；身后的将军
带着他们将在黎明死去的蓝衣儿子。

那些食草蟒的隐士如此善于
整天待在洞穴里；但同样美好的是
看到栅栏柱徐徐呈现在黎明时分。

爱上沉落星辰的人理所当然
要崇拜马厩气味的婴儿，但我们知道
哪怕沉落的星辰也将在黎明消失。

---

① Goose wings，枞帆船将主帆设为背风而三角帆设为顶风的航行姿态。

我被判的刑罚是一千年的快乐
(2005)

黯黑秋夜

想象是通往渡鸦宅邸之门,故我们
本已有福!从鞋上掉落的那一只钉子
为牛顿点亮了从集市回家的路。

昨晚我听见一千个圣女
和一千个圣人在午夜道歉
因为他们的嗓音里有太多的胜利。

那些恋人,皮包骨又破衣烂衫,见憎
于父母,办到了;贯穿整个中世纪,
是恋人让那扇门始终开向天堂。

步行回家,我们每次分心都是
经过苹果园的时候。我们依然在吃着
亚当出生那晚留在地上的水果。

圣十字约翰① 曾听见一首阿拉伯情诗
传过铁窗而开始了他的诗篇。在内华达
找到了矿藏的永远是那匹倒地的马。

罗伯特,你心知肚明有多少物质可以
被恋人们浪费,但我说,有福的是那些
穿过黯黑秋夜回家的人。

---

① Saint John of the Cross (1542—1591),西班牙神秘主义者,罗马天主教圣人,反宗教改革的主要人物。

黎明前听锡塔琴 ①

还没到黎明,锡塔琴正在演奏。
昨天那么清晰的足音何在?
有时候石头全无分量,而云彩沉重。

对于那些要我改变的人,我说,"我永远
不会停止行走那条路,它通连
苏格拉底到乌龟,福斯塔夫 ② 到巴珊。"

每个锡塔音符都叩响与那管事者的
一场交易。一个音符说,"天上一年。"
浮夸的静默便说,"地下两年。"

锡塔琴手已快将天堂拖拽下来,
而我们几乎还没有学会扛起尘世。
或许他们记得自己在爱中的所有错误。

有人说象头神 ③ 和加大肋纳 ④ 行事
为我们全体,但我却看见大量的忠诚
在蜻蜓与她修长,瘦削的体内。

当手指开始弹奏时天还很黑。

---

① Sitar,一种印度拨弦乐器。
② Falstaff,莎士比亚戏剧《亨利四世》(*Henry IV*,1597 年)、《亨利五世》(*Henry V*,1599 年)、《温莎的风流妇人》(*The Merry Wives of Windsor*,1602 年)中的人物。
③ Ganesha,印度教的智慧之神。
④ Catherine(约 287—约 305),基督教圣女与殉道者。

现在曾经如此努力倾听的我们无话可说。
摇曳不定的锡塔音符是最初的黎明。
　　给大卫·惠斯通 ①

---

①　David Whetstone,美国作曲家、锡塔琴手,勃莱的合作者。

在俄霍卡利恩忒① 与朋友闲逛

矿泉水池对历史的回忆多多。
我们在俄霍卡利恩忒这里,坐在一起,
浸透大地健忘的隆隆轰鸣。

我们何须担心《安娜·卡列尼娜》② 结局不佳?
世界重生之时是每次一只老鼠
把她的脚放落在尘封的谷仓地板上面。

有时声声哦和啊都带给我们欢愉。当
你将你的生命置于元音之内,音乐
便打开门扉通向一百个封闭的夜晚。

人们说即使身在最高的天堂
假如你设法让你的耳朵始终开启
你就会听见众天使在日夜哭泣。

埃特鲁里亚人③ 的文化已经消失。
那么多事物都已完结。F·斯科特·菲茨杰拉德④
为自己立下的一千个希望都无影无踪。

没有人像那些活在世上的人一样幸运。

---

① Ojo Caliente,美国新墨西哥州的温泉胜地。
② *Anna Karenina*,托尔斯泰的小说(1878 年)。
③ Etruscans,埃特鲁里亚(Etruia)为意大利西部古国,公元前 3 世纪被罗马取代。
④ F. Scott Fitzgerald(1896—1940),美国小说家、作家。

甚至教皇也发现自己渴望着黑暗。
太阳在孤寂的重重天空里着火。

  给汉娜和马丁①

---

① 汉娜与马丁·普莱希特尔夫妇（Hanna and Martín Prechtel），见"伊普勒战役，1915年"脚注。

当我和你在一起时

当我和你在一起时,两个萨洛德① 音符
将我带入一个我不在的地方。
所有的农场都已消失进了空气。

我儿时所爱的那些木栅栏柱——
我可以透过它们的木头看见我父亲的脸,
又透过他的脸看见打谷结束时的天。

那真是一份祝福,听到我们将死去。
一万艘小舟要变成十万艘;
我早知这场与自己的友情无法永久持续。

再一次触碰萨洛德的琴弦,好让那
片刻之前触碰我皮肤的手指
可以成为一道将门关上的闪电。

现在我知道为什么我总在暗示你这个词——
你的声音载送我越过边界。
我们消失恰是一个婴儿降生的方式。

一个与我同名的蠢男孩一直想要
窥望整个午后,在那道围栏的
厚木板之间。告诉那个男孩没到时候。

---

① Sarod,一种印度拨弦乐器。

有那么多的柏拉图

哀鸣的鸽子① 坚持早晨只有一个。
钉子始终不负它的第一块板。
嘶哑的乌鸦向一千颗星球放声啼鸣。

太阳落下穿过云的隔离区。
有一个燃烧的意念和那么多的柏拉图。
晨星在一阵翅膀的扑打之上升起。

对于那些作音乐,写诗的人,
我说:我们的使命是成为一条湿润的舌
微妙的念头由此滑入世界。

大概我们原先诞生得离土豆箱太近。
像土豆一样,我们有很多闭着的眼睛。
大腿上的一触便取代所有的天堂。

存在的行星比以往曾经发现的更多。
它们升起又再沉落。有人说
一幅画是一口罐子装满看不见的事物。

罗伯特,这首诗中的某些意象是恰当的。
很可能和任何人能做的一样好
任何依然住在欲望的老客栈里的人。

---

① Mourning dove,一种北美野鸽,以悲哀的鸣声闻名。

巴赫的 B 小调弥撒 ①

德国老人们踏进三一教堂 ② 之内。
次中音,高音,中音和号角
说:"不要困扰。死亡会来。"

低音将手伸进它们的长外衣
并将小块黑面包交给穷人,说道,
"吃,吃,在叶忒罗 ③ 的花园阴影里。"

我们都知道那个古老的应许
即孤儿们将得喂食。双簧管说,
"哦,那应许对我们来说太过美妙!"

不要担心大海。那潮浪
将整城整城抹去,不过是林鸫
正抬起她的翅膀捕捉早晨的太阳。

我们知道上帝将信徒尽数吞食。
海底的收获者们正在投喂
所有那些毁于大海之深的人。

我们的橡木会折断和倒下。甚至在它们的树
已在夜晚开裂与倾倒之后,一俟
黎明到来,鸟儿都无事可做唯有歌唱。

---

① B Minor Mass,作于 1749 年。
② 据传巴赫曾希望此曲在德累斯顿宫廷主教座堂(Katholische Hofkirche)祭礼中演奏,但因在教堂建成前去世而未能如愿。
③ Jethro,《圣经·出埃及记》中摩西的岳父,米甸的祭司。

瞎眼的多比 ①

为什么先知攀上同一艘船那么多回?
为什么睡者乘夜造访别的大洲?
船开裂,而卡夫卡迷失那么多回。

高中教师的幽灵靠着石墙等候。
为什么耳朵总是伸向风暴?
法老囚禁又释放约瑟那么多回。

多比!多比!你的双眼是乳白色!每个
父亲都在自己的儿子敲门时瞎眼。
瞎眼的多比摸索找门那么多回。

为什么那些在盖提斯堡靠着石墙而死的人
在斯大林格勒投身抵抗德国人?
小说家将他的小说写而又写那么多回。

将军反反复复打同一场战争。
小提琴手翻来覆去奏同一支托卡塔 ②。
指挥家指挥同一篇目那么多回。

为什么有些恋情与一道闪电相似?
你是否惊讶琐罗亚思德 ③ 重生多么频繁?
积雪封断乡村道路那么多回。

---

① Tobit,天主教和东正教次经《多比书》(*Book of Tobit*) 中笃信上帝,最终双眼复明的盲人。
② Toccata,一种管乐或键乐曲。
③ Zoroaster(约 628—约 551),波斯先知,祆教(Zoroastrianism)创始人。

拜访老师

我是挪威遗忘者们的孙子。
我是那些偷洋葱者的一个外甥。
我们都是罪犯婚礼上的宾客。

每次我们捡起一个坠落的鹪鹩窝，
我们都感到绝望与不公，但我们却爱触摸
被弃蛋壳的小碎纹。

喝一滴水增添我们的渴。
黑白电影加重我们的向往
就是夜晚会到来并直接取代白昼。

我们居住的阴暗洞穴远远向外延伸
到全世界。那里很黑。甚至连亚蒙森①
和他所有的狗都找不到它的尽头。

星星多少次沉落在林中而不曾
带来三贤士，以至獾兽每次
将他的鼻子触水饮到的都是忧伤。

昨晚我把我的悲痛带给了我的老师。
我问他对这事有什么办法。
他说，"我以为你来是因为你喜欢我！"
　　给努尔巴赫什博士②

---

① Roald Amundsen（1872—1928），挪威探险家，于 1911 年成为第一个到达南极的人。
② Javad Nurbakhsh（1926—2008），伊朗裔英国尼玛图拉希苏非教派（Nimatullahi Sufi Order）长老，作家。

长翅膀

这样很好假如塞尚不停画着同一幅画。
这样很好假如果汁在我们的嘴里味道很苦。
这样很好假如老人拖着一只没用的脚。

天堂树上的苹果在那里垂挂数月。
我们等在瀑布的壶口年复一年。
蓝灰色的山岭在黑树后面不停升起。

这样很好假如我感受这同一份苦痛直到死去。
一份我们已经赚取的苦痛带来更多滋养
胜过我们昨晚在博彩中赢得的欢乐。

这样很好假如山鹑的巢里满是积雪。
为什么猎人要抱怨假如他的口袋空空
在黄昏？这仅仅意味着鸟会多活又一晚。

这样很好假如我们今晚上交我们所有的钥匙。
这样很好假如我们放弃对螺旋的渴望。
这样很好假如我爱的船永不抵达滨岸。

假如我们已经如此接近死亡，为什么我们要抱怨？
罗伯特，你已经爬过那么多树去取窝巢。
这样很好假如你在下来的路上长出翅膀。

束紧肚带

快点,因为马匹正沿着道路疾驰。
我们的死亡现在正被套上鞍鞯。他们正在束紧肚带。
只要不停叫喊:"我的心从不苦涩!"

来吧,只剩一刻残留,太阳正触摸
罗伯斯角① 的大海;那些杰弗斯② 曾熟知的波浪
很快将披上夜晚的林肯式大衣!

你已经等了我那么久。而我曾在何处?
无论什么取悦贪婪灵魂的事物都像是一滴
炙热的油滴在心上。我们该怎么办?

当他们给马匹套上鞍鞯,只要不停叫喊,
"我的悲哀是一匹马;我是那失踪的骑手!"
缺席的悲哀是我唯一食用的面包。

无论什么取悦心的事物都像是一滴炙热的
油滴在贪婪的灵魂之上,后者一刻也无法承受
当男人和女人彼此温柔以对。

你知道这首诗的作者仅有勉强的
一握加于缰绳之上,并且即将滚鞍落马。
抓紧了。马匹正向夜晚疾驰。

----

① Point Lobos,美国加利福尼亚州中西部海滨胜地。
② Robinson Jeffers (1887—1962),美国诗人。

呼叫应答

2002 年 8 月

告诉我为什么是我们在这些日子不提高嗓音
并为正在发生的事情哭泣。你可曾留意
计划被制定给伊拉克而冰盖正在融化?

我对自己说:"继续,喊叫。那有什么意义
身为一个成年人却没有嗓音?大声喊叫!
且看谁会应答!这就是呼叫应答!"

我们必须呼叫得特别响方能企及
我们的天使,他们很难听见;他们躲藏
在我们战争期间灌满的沉默水罐里。

我们可曾同意去打那么多战争以至于无法
逃离沉默?假如我们不提高嗓音,我们便允许
他人(即我们自己)入室抢劫。

怎么可能我们既已倾听过伟大的泣诉者——聂鲁达[1],
阿赫玛托娃[2],梭罗,弗雷德里克·道格拉斯[3]——而现在
我们却沉默得像小灌木丛里的麻雀一样?

有些大师说我们的生命持续仅仅七天。
我们在这一星期里的哪一天?到星期四了吗?
赶快,现在就喊叫!很快星期日的夜晚就要来临。

---

[1] Pablo Neruda(1904—1973),智利诗人、政治家。
[2] Anna Akhmatova(1889—1966),俄罗斯诗人。
[3] Frederick Douglass(1817—1895),美国作家、演说家、政治家。

弄瞎参孙

你看不见他们吗?他们要来弄瞎参孙!
但我们有些人并不想要昼日结束!
假如参孙变瞎,什么会发生在大海身上?

事情还不够糟么,太阳每晚
落下,而孩童们将鞋子掷向月亮?
我还记得我母亲在日落时分的哀伤。

现在我记得我的父亲。我记得
每一个父亲在与自己儿子搏斗之时。
哦四方之主宰①——他注定要溃败!

你等吉普赛歌手,且发几声蛮荒的呐喊!
召唤乌鸦飞过犁耕已毕的田野。
我想要叩击双掌来为参孙放声呐喊。

我想要粗鲁的嗓音和呼吼的女人们
放声呐喊反对将参孙弄瞎。
我会永远呐喊——拿走那些刀子!

还不够吗黄昏星沉落每晚
而做爱结束于黎明?上帝啊,请解救
人类,因为人们正前来弄瞎参孙。

---

① Lord of the Four Quarters,美国作家、心理学家佩里(John Weir Perry, 1914—1998),《四方之主宰:王权的神话》(*Lord of the Four Quarters: The Mythology of Kingship*,1991 年)。

白马礁岛 ① 的鹈鹕

偶尔向太阳张开翅膀,鹈鹕
从黎明到黄昏跳水捕鱼。这世界的主
是一个画家夜里在一间暗房工作。

尘世就是这地方,我们已经同意扔掉
那些礼物,后者是亚当的祖父所赠
在永恒诞生之前的黑暗时间里。

恋人的身体属于被捣毁的尘世。
散落的星辰属于银河。
马铃薯地属于刚刚来临的夜。

巨蜥是众生之母的一子,
且是一个宠儿。巨蜥抓住一条蛇
静止不动一个小时然后进食。

我们知道不持尖锐意见是好的;
但你还会那么想诺亚么
假如他已经扔掉了他那一口袋钉子?

这个月我已经四次梦见我是
一个谋杀者;而我正是。这些诗行是纸船
被送出港去漂浮在悔悟的海上。

---

① White Horse Key,美国佛罗里达州西部岛屿。

从身后追上来的马匹

你是否已经留意到疾驰越过我们的马匹?
或许它们是根本没有骑手的马匹。
或许它们是已经变成了马匹的骑手。

没有马匹从我们身后追上来的世界
如今在我眼中颇为荒谬。骑行得更快些!
为什么我任由那么多世纪经过?

你知道那有多难,要在诞生之际收到
一具人身,在这些日子!别错失这个机会!
用你的双腿紧紧夹住那鞍鞯。

你给了我一副勒子和鞍鞯和一匹马
可以走若干英里不停。但永远有可能
我是注定要输掉比赛的骑手。

现在无所谓了。我们不在乎
安娜和沃伦斯基① 找不找得到回家的路,
因为输掉比赛有那么多的乐趣。

那么多卓越的骑手已然走过这段行程!
看看所有这些快马上的骑手
挺着他们瘦削的颧骨在夜里经过!

---

① Anna,Vronsky,托尔斯基《安娜·卡列尼娜》中的人物。

雅各 ① 与拉结 ②

日历橡木上的粗粝树皮和那碗
洒在地板上的牛奶告诉我们那恋人
长久分别后会太晚抵达葬礼。

我们将永远无法弥合哥伦布
在海上造成的伤口;我们怎能信守
我们对黑暗天使作出的所有承诺?

埃及教师一直在问为什么死人
伸手去取错误的《圣经》,为什么鹈鹕
在复活节的早晨弄错她的窝巢。

雅各将再一次飞行七年朝向
拉结的披巾;再一次他会布下斑驳的嫩芽
在夜幕降临时母羊饮水的泉中。

在水彩画家的茶里放更多的糖!
不要禁止马匹驰入暴风雨!
请让山间池塘里的所有青蛙都活下去!

在创造中有那么多错误我们无法

---

① Jacob,《圣经·创世记》中以色列人族长以撒(Isaac)的孪生子中的幼子。
② Rachel,雅各的妻子。雅各为舅舅拉班(Laban)牧羊七年以娶其女拉结,但在结婚初夜发现妻子是拉结之姊利亚(Leah),于是雅各再牧羊七年娶到拉结。

纠正。作为父母,我们或许永远说不出
我们想要给予我们孩子的真正祝福。

　　给布里奇特和本①

---

①　Bridget Bly(1963—　)与Benjamin Martin Bly(1965—　),诗人的女儿和女婿。

拿花园怎么办

我会就待在这里。你继续。把我留在身后
这座约瑟忘了照看的破败花园里。
从我母亲第一次摊开我的衣服起我一直在这里。

一群女人让我不停地想起我爱的人。
她们举起手臂站在果园里。她们说,
"离开这座你爱得那么深的荒废花园。"

我相信绝不比一个郡更大的悔恨
可以成为一座宽恕的大洲。
我相信这扇门尚未被打上那贴封印。

或许连我虚弱的信仰也可以为我获取
怜悯。我的确相信路上的一块卵石
可以在黄昏投出一道阴影达一百英里长。

因为我缺席于我在场之时,而我在场
于我缺席之时,因为我把我的双眼垂向地板,
我已度过了七十年活在这座荒废花园里。

罗伯特,放弃你对一个别样童年的渴望吧。
你会回想起法布尔① 在七十岁时
曾为他的昆虫找到了一英亩的石头地界。

---

① Jean Henri Fabre (1823—1915),法国昆虫学家。

鞋拔子

很奇怪鞋拔子竟能一直保留
其形状历经多少世纪。黄昏时我的无知
溜走并将它的蛋卵藏在树林里。

人人都知道何时一个伟大的男人或女人
即将死去,并与之抗争。很多犹太人
都曾想要跟彼拉多① 私下讲话。

我们父母的脸在黎明时有那么多的哀伤
它们如同那些石头的脸在复活节
岛上,注目望向某个失踪的星期五。

在我们每一次战争之后,新亡者
都向我们递出一个杯子。我们能做什么
除了见证一千年的黑暗?

铁不停地呼唤着大地,大地呼唤着铁。
假如你将一把刀高高掷入空中,
那把刀立刻就会转过弯来插进土里。

我曾猜想过我的自私会是多么困难
当我听见绳结发出的声音
在它滑下拉杆落到地面的时候。

---

① Pontius Pilate(? —约36),罗马朱迪亚地区检察官,曾判决将耶稣钉死在十字架上。

阿月浑子果仁

上帝夜里蹲伏在单单一枚阿月浑子之上。
怀俄明州温德河岭 ① 的浩瀚
所拥有的壮丽并不多于一个孩童的腰。

海顿 ② 告诉我们说我们已继承了一栋巨厦
在佐治亚州海岛中的一座之上。于是最后的
音符便将法院和所有的记录烧毁。

每个用自己的手指按下琴弦的人
都在去天堂的路上；指尖上的疼痛
有助于治愈双手曾经犯下的罪。

让我们放弃那份观念即伟大的音乐是一种
赞美人类的方式。最好赞同一滴
大洋之水容纳着克尔恺郭尔的所有祈祷。

当我听见锡塔琴送出它的生命故事，
我知道它是在告诉我如何表现——一边亲吻
至爱之人的双脚，一边哭泣我虚度的生命。

罗伯特，这首诗很快就会结束；而你
就像一棵嫩枝在瀑布的唇上颤抖。
像一个音乐里的音符，你即将成为虚无。

---

① Wind River Range，落基山脉（Rocky Mountains）的一部分。
② Franz Joseph Haydn（1732—1809），奥地利作曲家。

听老音乐
　　鲁德拉维纳 ①

我不知道什么会带着我离你更近。
也许是放慢这音乐,也许是醒
在夜的中途,也许是深潜向海底。

也许是沉默。灵魂跃过栅栏的速度
带着脚趾向前。在别的时候,一本书歇
在我胸口将我向后送进我母亲的怀抱。

我臂弯处的疼痛必定是那份陈旧的
忧伤,被新生儿感到是在他察觉
他父亲已前来为这个世界向他索赔之时。

不要问我是站在柏拉图一边
还是弗洛伊德一边。只要过来帮我
烧掉我的书我们就可以移居阿根廷了。

鼓声坚称我们死去那一夜
会是漫长的一夜。鲁德拉维纳继续
仍在坚称还没有足够的苦难。

好吧,音乐,继续嘟哝上帝的事吧。
我正将我的大脸摩擦着我的小脸,
我是一只黑鸟正飞过夜晚。
　　给卫斯理和苏尼尔

――――――――――

① Rudra Vina,一种印度拨弦乐器。

藏身在一滴水中

这是清晨,死亡已经遗忘了我们好
一阵了。黑暗将房子占有,但我活着。
我随时准备赞颂所有的大音乐家。

无论什么发生在我身上也将发生在你身上。
当然你定已明了这一点,凭借谛听
琴弦泣诉的方式,无论是谁弹拨它们。

从十月份院子里那些巨大的橡树之上,
每天早晨树叶飘落数个小时。每天夜里
一千张满是皱褶的面孔仰望群星。

当拉比亚①的驴倒毙在沙漠中,她向真主
大喊,"你就这样对待一个老妇人吗?"
驴便站了起来,于是她们继续前往会祭。

正是这场迈向天房②的行旅令我们喜悦。
正是这种藏身在一滴水中的方式
令那些隐藏的面孔可被所有人看见。

乔达摩曾言当那菲里斯巨轮③
停止转动之时,你依然会高高地置身于
那里,在你的座位上摇摆与大笑。

---

① Rabia(约714—801),苏菲派女圣人、诗人。
② Kaaba,麦加清真寺广场中央的方形石殿。
③ Ferris Wheel,美国工程师菲里斯(George Ferris,1859—1896)发明的摩天轮。

听夏拉姆·纳兹里 ①

我知道马匹不停奔驰若干英里。
我知道蚂蚁总将它们的触角举向天际
并计划着新的胜利,但为时已晚!

当纳兹里歌唱,我不在乎第二个
亚当降临与否;我不在乎我的词语
令你哭泣与否——为时已晚!

咖啡的味道从火中铺展开来。
头发狂乱的老妇人在棺柩上歌唱。
继续抱怨和祈祷吧。为时已晚!

我知道甜美的元音和不可避免的节奏。
我知道那有多美好,当一个少妇在这里
而老人纷纷想起上帝;但为时已晚!

我的舌从不会变得苦涩因为我的嘴
一直把那支哀伤烟斗叼在齿间。
继续下去征服苦涩吧;为时已晚!

我在这里;我一个人。这是清晨。
我如此快乐。这么多壮丽怎能
活在我的皮下?继续问吧;为时已晚!

---

① Shahram Nazeri (1950—),伊朗男高音歌唱家。

邮寄证据给原告

一场暴风雨中每片叶都指向同一方向。
一场恋情的故事是我们生活的故事。
恋人的身体永远朝大地倾斜。

恋人们有时将东西藏在枕头下面。
第一年期间,我们保存的地图有巴厘①,
边界水域②,和马耳他低地。

我们并未熟识到足以搬进同一栋房子。
我们夜复一夜睡在外面的大麦地里,
眼望着星星越过世界的边缘。

我们知道恋人都去往遥远的国度,
有时在他们邂逅之前。我们一致同意
我们早在一百年前就相识。

当我们将证据邮寄给了原告达
三次以后,他们才理解了我们注定要
进监狱。法官看见我们到来,纷纷鼓掌。

我们两个本是盲人,但我们确曾驱马
于无尽草原之上。法官们,告诉我
你们究竟见没见过走得那么远的大篷车。

---

① Bali,印度尼西亚一岛屿。
② Boundary Waters,加拿大安大略省与美国明尼苏达州之间的荒野地带,位于苏必利尔湖(Lake Superior)以西。

半夜里醒来

我想要忠实于我听到的一切。在
昨晚听到音乐是如此美好。有那么
多的欢乐在一起害怕世界之中。

树枝上的雪,你手中的忧伤,
污泥中的足迹,苍老的印加① 面孔,
终年等待橡子落下的鳟鱼。

锡塔琴手那么像乌鸦,出现
在每天早晨置身黑树枝上的天空
连啼六声而没有任何光的记忆。

每个乐师都想要他的手指奏得更快
让他能够更深地进入痛苦的王国。
弦上的每个音符都召来多一个音符。

已然写下了所有这些声音的手
就像一只鸟儿在半夜里醒来
并启程出发向山上的旧巢而去。

罗伯特,我不知道为什么你会有这般
好运在这些日子。那些有关乌鸦
啼鸣的诗行好过一整夜的睡眠。

---

① Inca,南美印第安人部落。

佛罗伦萨一周

驴子已引领我们穿过了那么多种文化!
处女跟着处女已诞生!弗拉·里皮①的嗓音
是一束光降临于苦难之上。

蛤蚌已独自熬过了那么多个长夜。
乔托②在他的画室里站几个钟头有何不可?
请便吧;在夜晚禁食,在黎明哭泣。

绿色的阿尔诺③载着昆虫的绿血。
洗礼堂中愤怒的人们早已捅刺了
彼此,在但丁流着泪走开之前很久。

玛利亚的脸闪耀得如此甜美。为什么?
旧石器时代大象的毛发只有一回掉落在
它们的少女眼上;随后它们便进入永恒的黑暗。

年轻的女人正学习和祈祷在一间
开向托斯卡纳④空气的屋子里。但天使
宽阔的双翅无法完全装入房内。

罗伯特,你不需要望穿窗门

---

① Fra' Filippo Lippi(约1406—1469),意大利画家。
② Giotto(约1267—1337),意大利画家。
③ Arno,意大利中部河流。
④ Tuscan,托斯卡纳(Tuscany)为意大利中西部一地区。

来窥见一个天使。那样就够了若你看得见
哪怕一只乔托所画的棕色驴子耳朵。
　　给玛丽和亚历山德罗 ①

---

① Mary Bly (1962— , 美国小说家) 与 Alessandro Vettori (1958— , 意大利骑士), 诗人的女儿和女婿。

拉穆①的音乐

听到拉穆的音乐是那般愉悦当夜晚
恰好正从橡木的枝条中退却,
而太阳的敌人正抛下他的手套。

昨晚我在梦中哭得那么久又那么深
因为鱼儿并没有回到河中那一道
我儿时曾游过多少次的拐弯。

看见雅各和以扫②当时正站在
他们父亲的床头,老渔夫便放下钩子
将那鲁莽的男孩拉上了天堂。

有些音乐像嫩枝上的雪般美丽。
我真的看不出有多少差异在
词语和大提琴上被牵引的琴弓之间。

好吧,那以后我们又该如何抱怨?
我们早被告诫说我们在大地上收到的
是烟、火、风、泥和黑暗。

---

① Jean-Philippe Rameau(1683—1764),法国作曲家、音乐理论家、管风琴师。
② Jacob,Esau,《圣经·创世记》中族长以撒的孪生子(见《雅各与拉结》脚注),哥哥以扫将其长子名分卖给弟弟雅各,而被其骗得父亲的祝福。

在一根竿子上保持平衡完全可以！人们
说假如你想要将魔法之物瞒过所有
别人，你就得过一场充满狂喜的生活！

在一场牌局中输掉房子

我们已经下注,我们已将房子押在一掷之上,
输了一千遍。每次我们走完这过程,
我们就骑着我们的马回到输家圈子里。

我们永远不会倦于向往将美好的事物
交予彼此。我们每个人,当我们做爱时,
都像母亲把孩子带到学校门口一样。

我们才十四岁那年我看见你是在几何
课上。我们将迷醉吞食;但我们懂得那么少
对于那些激荡着夜晚的荣耀之裙。

这份恋人的悲伤必定是某种令古人
担忧的东西,因为他们知道光
无论是什么种类都很容易迷失在乌云里。

哦塞思和闪!你们是否仍在哀悼
那光的种子,它曾降临而并无
守护者在旁进入玛利亚子宫的埃及?

很可能我们并没有什么可以悲伤的,
没有什么可以哀悼的。我们同样,每输
一次,都已走入埃及更远了一点。

一部悼亡史

很奇怪傍晚打着那么多哀痛的斑点。
鸟儿在树枝变红时开始歌唱。
但我们在太阳落山时书写我们的诗篇。

我们的祖先早知如何哭泣死亡;但他们
有足够的事要做须找到大石头去遮盖
死者,并生养新的灵魂来取代他们。

我们曾睡在石灰岩平原上,并苏醒
夜复一夜,循着死者所取的路线
穿过石灰岩中的窟窿并继续走入群星。

几只被吹粉拓印出轮廓的手
在洞穴四壁之上有缺失的手指。
我们在尘埃中绘制了夜空的地图。

这一切曾经多么缓慢!某日一个女人哭泣
当时她看见一支骨头因褐石而变红。
一千年后,我们将一颗珠子放在一座坟墓里。

几座坟墓立于树林之间。我们依然不
理解为什么一口松木棺材如此美丽。
我们依然在冥思苦想太阳为什么升起。

沙堆

昨晚我们脱下了我们的狼皮,并跳舞
好几个小时,在旧地毯上跺脚。我们曾是
沙堆在别人的手中分崩离析。

就是在我们唱着相同的四小节反反
又复复的时候我们渐渐发了疯
提着一只从未被放下的宝贵的脚。

我们有一阵儿弄不清楚房门在哪里
或墙角在哪里。我们不知道那是
我们的叫喊还是别人的充满了整间屋子。

这全部的舞蹈会对任何人有什么好处?
哦,什么都没有;它永远不会有任何好处。
它像一百个小时的祈祷一样宝贵。

我们全无概念为什么我们的身体在跳上
跳下,也不懂为什么我们的喉中满是声音。
我们所有岁月的一切都已化为乌有。

我们弄不清楚墙壁和地板在哪里。
我们灼热舞蹈时失去了我们所有的确定性。
我们所有岁月的一切都已成就于此。

肮脏的扑克牌

朋友们，是时候放弃我们对狂喜的企望了。
飞碟不会把我们带走。拉斯科尼科夫 ①
不得不依靠警察来帮他入睡。

我们的灵魂所爱的肮脏扑克牌都已发
给了百无一用的人们。那些老人用
沾满烟渍的手指放下那些老王后。

在 Cirque du Soleil ②，当杂技演员
悠荡而出飞临人群之上，婴儿们正
降生其所知远比我们曾经知道的更多。

老杰克兔 ③ 的黄牙提供颇多诠释
有关慈悲的短缺；毛毛虫的行走
令我们想起蒙古人向呼拉罕 ④ 的奔驰。

葬礼后，一旦安全了，死者便开始
怀念输掉牌局。我们知道该隐 ⑤ 和亚伯
想要在耕耘的田垄上再次相会。

---

① Raskolnikov，俄国小说家妥斯托耶夫斯基（1821—1881）小说《罪与罚》（1866 年）的主人公。
② 法语："太阳马戏团"，成立于 1984 年的加拿大娱乐公司，世界最大的当代马戏演出团体。
③ Jackrabbits，北美草原上的长耳大野兔。
④ Khorakhan，又称穆斯林罗马（Muslim Roma），被奥斯曼帝国（Ottoman Empire）占据并穆斯林化的罗马领地。
⑤ Caín，《圣经》中亚当与夏娃的儿子，因嫉妒而杀死了兄弟亚伯（Abel）。

罗伯特,没有一个羞辱是我们原本
缺少得了的。我们依然栖在一根杆子上。
将要发生在我们身上的事多取决于风。

胖老夫妻到处转

鼓声说我们死去那一夜会是一个长夜。
它说孩子们有时间玩。告诉大人
他们今晚可以在床的周围拉起帘子。

老人想知道战争是如何结束的。
年轻姑娘想要她的双乳令太阳升起。
思想家想让误解一直活下去。

那样很好假如俗世僧侣葬在祭坛附近。
那样很好假如歌手没赶上自己的演唱会。
那样也不错假如胖老夫妻一直到处转下去。

就让父母们每一夜对着摇篮歌唱。
就让鹈鹕继续活在它们多刺的巢中。
就让鸭子继续去爱裹住自己双脚的淤泥。

那样很好假如蚂蚁总是记得自己回家的路。
那样很好假如巴赫继续寻求同一个音符。
那样很好假如我们把梯子从房前撞开。

即使你是一个清教徒那也应该很好
假如你在恋人们的破败房子里与他们共度今晚。
那样也不错假如你成为一个灵魂然后消失。

沙贝斯塔里① 和《秘密花园》②

我无法停止赞颂沙贝斯塔里将
蚊蚋的腿与象腿彼此拉近。
接下来我想要星期日被拉近星期一。

假设一点点稻草可以与风成亲。
你有没有注意到那些美好的婚姻当
风和谷糠一起走在道路上?

当一首诗把我带到那个从没有
故事发生两次的地方,我想要的只是
一个温暖的房间,和一千年的思想。

康拉德曾说黑暗泳者确实抵达了他的船。
假如我们沦入苦难那对我们是好的,
我们的梦将拥有亚当与夏娃为之哭泣的一切。

惊人之事确然发生。一天早上克尔恺郭尔
解释无名怨忿究竟是什么东西
而老鼠则同意与屋中的每一位结婚。

罗伯特,那些激扬神采并不证明你是
真理的一位密友;但它们确实暗示
你曾经爱过《秘密花园》。

---

① Mahmoud Shabestari(1288—1340),波斯诗人。
② *The Secret Garden*,沙贝斯塔里原著的英译本,由帕沙(Johnson Pasha)译于 19 世纪。

城市被焚毁之夜

必定是萨图恩①和别的老人
为我们安排了这个黑暗之夜。
我们的生命如许在昏沉黯黑里经过。

当你切开一只苹果为了获取
它的甜果,一定要吃细小的黑籽
这样便能尝到斯威夫特②所知的酸涩。

我从不厌倦于无望与绝望,
我也不会沉默。我不停叫喊房子
正在被打劫。我甚至要让窃贼知道。

我们将必须帮助彼此来听见,因为
是在夜半时分一场暴风雨中
诞生了索福克勒斯和所有哭泣者。

我们已经尝试改邪归正了一百年
借助于理性。朋友们,我们是簇集的
币鸟③在晨风中被吹送多少英里。

我不知道为什么这些诗篇不停偏转

---

① Saturn,罗马神话中的农神。
② Jonathan Swift(1667—1745),爱尔兰作家、诗人。
③ Nuthatches,一种短尾尖喙,灰背白腹,眼有黑纹的小鸟。

朝向黑暗。罗伯特，其实你是一个女儿
为罗得①所生，正在逃离启蒙的废墟。
　　给迈克尔·文图拉②

---

① Lot，《圣经·创世记》中亚伯拉罕的侄子，被允许在上帝毁灭罪恶之城所多玛前离开，他的妻子因违背告诫回头看而被化作盐柱。
② Michael Ventura（1945—　），美国小说家、剧作家、电影导演、文化批评家。

新郎

新郎想要抵达挪威教堂。
但巨大的雪令道路无法通行。
我们个个都是渴望存在的新郎。

婚姻将飞蛾拉近烛焰。
用他们虚弱的翅膀,男人和女人
正在持续地飞入存在之火。

有人说每滴堪萨斯的地下水
都了解海洋。这怎么可能?
每滴水都像我们一样渴望存在。

阿布·赛义德① 在沙漠中斋戒了二十年。
后来当他回返时,他的巨龙朋友
哭了。"你的受难给了我一丝存在的意味。"

当钢琴师的手指敲击所有的音符
在第十前奏中,显然巴赫的灵魂一直
在跳来跳去像一只野兔置身存在的领域。

罗伯特,你离快乐很近但还没到那里。
你是一个驼背站在一座意大利
广场之上,顺路造访存在的节庆。

---

① Abu Sa'id(967—1049),波斯诗人,苏菲派苦行僧,传说曾在沙漠中遇一巨龙。

蜥蜴头

我不知道你有没有碰见过一只蜥蜴头
在八月下旬,为它的刺须所保护。
它出于纯粹的忠贞紧贴着你的衣服。

当一个农场女孩捡起一支来航鸡毛
并在一间空谷仓里将它挥舞,它
扬起的风暴微妙如忠贞的风。

最后一片枫叶悬在树上映衬着
蓝天就像那位天使曾将
他的翼尖凑近玛利亚的忠贞。

锡塔琴手追随十二个音符的轨迹
为每一首拉加①,五上七下。甚至
对十二个新娘,他都忠贞不渝。

你知道一根针会自行立起;这
不是一桩多见之事,但,用手牵着,
它会启程行走在通往忠贞的路上。

很难知道该说些什么关于那些
灵魂之内的奇迹。即使我们中间打破了
许多承诺的人依然可以企望忠贞。

---

① Raga,印度音乐的传统调式。

亚当的领悟

亚当曾赞同海洋会是盐的故乡。
我们都曾领悟我们的灵魂会悬于一线。
上帝曾赞同珍珠会从我们手中失落。

浪子在他的房间里找到了什么？
他的靴子和剑，一只小猴被拴连着
一只铁球，一张床，还有健忘。

我曾经躺在这么多小床上写过诗。
有时一个十字架挂在门的内侧。
基本上凌晨的黯黑是在房间里。

有人说农人已经自行承担起了
保存和播种小麦之罪；面包师已经
自行承担起了烘烤面包之罪！

这是我说的，"我要我应得的一切。"
一个声音说道，"我们有我们的传承。"
那是谁的声音？那是我的老教师吗？

哦真是好一份福祉啊竟然冬雪
会那么深，我们懂得那么少，
而未来竟会从我们的手中失落！

吃黑莓果酱

当我听见我们都属于非存在时,
我垂下双眼,但随即将它们抬起
出于对非存在的小小生灵的爱。

有人说河鲈曾变得彼此相似
以防鲨鱼集中注意。但一直活下去
并不意味着它们摆脱了非存在。

那些幼小家燕的啼鸣发自
被巧妙地固定于橡上的泥筑窝巢
教会了我去爱非存在的瘦鸟儿。

留着胡须终日以一根直钩垂钓的
道士告诉我们说他们早已学会
不对非存在指望一大堆东西。

黑莓有那么多面孔连它们的果酱
也仿佛是将虚无变浓;我们每个人
都爱吃非存在的浓稠糖浆。

当每节诗的结尾都是同一个词时,
我欣喜。一个朋友说,"若你为此自豪,
你必定是非存在的秘书中的一员!"

暗黄胸口的松鸡

我已耗费了一生做我爱做的事。
让我们尊崇如此努力觅食的鹌鹑。
我在这里,在一个水池里吹笛如约瑟。

我的天才等同于坚持不懈跟随
大象穿过风。有时长元音
继续向前并向我们呈现道路在哪里。

感谢上帝带来若弗·鲁德尔①,连维京人②
都被他教会了为爱之道。我们是无能,无望的
爱者,但我们的确在风中吹奏肖姆管③。

只有当我到了外面的田野,躲开
风吹之时,我才领悟到了昨晚
摔碎的东西在今晨可以是完整的。

我不知道你有没有听见暗黄胸口的松鸡
当他在一段旧原木上击鼓时。他就像哈菲兹④
在背诵他从他的老师那里听到的东西。

罗伯特,我希望你不是在这首诗中吹嘘。
不要扯出那种与约瑟的攀附比较。
我们只是在这里谈论风中吹拂的羽毛而已。

---

① Jaufre Rudel,12 世纪初法国行吟诗人。
② Vikings,8—11 世纪的北欧海盗。
③ Shawm,一种古代双簧管乐器。
④ Hafez(约 1325—1390),波斯诗人。

从城堡偷糖

我们是放学后留下来研习快乐的穷学生。
我们像那些印第安山岭中的鸟儿一样。
我是一个寡妇,孩子是她唯一的快乐。

装在我蚂蚁般脑袋里的唯一东西
是糖堡建造者的设计图。
仅仅偷一粒糖就是一份快乐!

像一只鸟儿,我们从黑暗里飞进前厅,
它由歌唱照亮,然后再飞出来。
被关在温暖的前厅外面也是一份快乐。

我是一个掉队者,懒汉,白痴。但我爱
读那些人的事,他们瞥了一眼
那张脸,便在二十年后快乐而死。

我不介意你说我会很快死去。
即使在很快这个词的声音里,我也听见
开始每一个快乐句子的你这个词。

"你是个窃贼!"法官说。"让我们看
你的手!"我在法庭上展示了我起茧的手。
我被判的刑罚是一千年的快乐。

对一头驴子的耳朵讲话
(2011)

藏在一只鞋里的渡鸦

有一件事情住在房屋里的男男女女
都不理解。老炼金术士站立
在他们的炉边曾暗示过它一千次。

渡鸦们夜间藏在一个老妇人的鞋里。
一个四岁孩子讲某种古老的语言。
我们已将自己的死亡经历了一千次。

我们对朋友讲的每句话意思同样都
相反。我们每言,"我信上帝,"意思
都是上帝早已抛弃了我们一千次。

母亲们曾经一次又一次地跪在教堂里
在战时要求上帝保护自己的儿子,
而她们的祈祷也都被拒绝了一千次。

潜鸟幼仔寸步不离母亲的光滑
身体好几个月。到夏季之末,她
已经把自己的头浸入了雷恩湖 ① 一千次。

罗伯特,你已经虚度了你如许的生命
在室内坐着写诗。你又会不会
再次这样做?我会的,做一千次。

---

① Rainy Lake,位于美国明尼苏达州北部与加拿大安大略省西南部。

让我们的小船漂浮下去

那么多的祝福已被赠予我们
在光明最初布散之时,让我们因
我们的哀伤而在一千个星系里被崇敬。

不要指望我们去欣赏创造或是
避免错误。我们每个人都是一个后来者
到得尘世,捡起木柴烧火。

每天夜里都有另一束光溜出
牡蛎闭合的眼。所以不要放弃希望
慈悲之门可能依然是敞开的。

塞斯和闪,告诉我,你们是否仍在哀悼
那光的闪耀,它曾降临而并无
守护者在旁进入玛利亚子宫的埃及?

很难领会究竟有多少慷慨
牵涉到让我们继续呼吸这件事,
鉴于我们贡献不出可贵之物除了我们的哀伤。

我们每个人都应该被原谅,即使只为了
我们坚持让我们的小船漂浮下去
鉴于那么多事物已在暴风雨中沉落。

向往杂技演员

有那么多甜美在孩童的嗓音里,
又有那么多不满在日尽之时,
又有那么多满足当一列火车经过。

我不知道为什么公鸡啼叫不停,
或是为什么大象举起他多节的象鼻,
或是霍桑① 为什么总在夜里听见火车。

一个俊美孩童是一份来自上帝的礼物,
而一个朋友是手背上的一条血脉,
而一个伤口是一份来自风中的遗产。

有人说我们正活在时间的尽头,
但我相信有一千个异教牧师
会在明天到来给风行洗礼。

关于圣约翰没有什么需要我们去做。
无论何时他将双手放到地上
井水就甘甜了一百英里。

各地的人们都渴望一种更深沉的生活。
让我们希望某个杂技演员会来访
并给我们一点提示怎样上天堂。

---

① Nathaniel Hawthorne(1804—1864),美国作家。

尼尔玛拉①的音乐

尼尔玛拉今天正在弹奏的音乐有
两个名字：一者觅得遗失之物，
一者万物皆由此遗失。

老虎继续吃人在那座存在的
森林里。众神赞同此事。圣人
欣赏一直浸在血中的腮须。

刚洗过头发的女人，灵魂
反反复复降生在光润、新鲜的身体里，
靠着一间谷仓的木板……皆是何意？

男人想在前头，主要依照天意。
他们规建了埃及。但我那么喜爱女人。
他们说："让羔羊前来受死。"

而女人受苦最多。在每个孩子降生之间，
有那么多地毯被织了又拆。一百
碗水被倾倒出去洒在土地上。

饥饿的老虎跟随渐渐消失的狗
进入生活的树林。女人明白这一点，
因为这是一个万物皆遗失的世界。
　　给尼尔玛拉·拉贾塞卡尔

---

① Nirmala Rajasekar（1966—　），印度维纳琴手。

天黑后的青蛙

我是那样迷恋悲怆的音乐
我都不去费心寻找小提琴手。
老去的窥视者能满足我数个小时。

蚂蚁迈着他犹太后裔般的细脚移动。
笛子总是欣然重复同一个音符。
海洋在它幽暗的大宅里欢庆。

熊经常被堆在一起靠近彼此。
在熊的洞穴里,那不过是一团隆肉
接着另一团,谁也不去清理干净。

你我已经花费了那么多小时在工作。
我们支付了高价换取所过的生活。
这样很好假如我们今晚什么事也不做。

我们听见过小提琴手调拨他们的旧提琴,
而歌手则在催促低沉的音符快来。
我们听见过她在尽力阻止黎明破晓。

生活中有某种缓慢很适合我们。
我们却爱记忆灵魂跳跃的方式
一遍又一遍进入寂寞的天堂。

对长久已婚者的同情

哦好吧,让我们继续吃永恒的谷子。
我们对旅行方面的改善又在乎些什么?
天使有时候骑着老乌龟过河。

我们要不要担心谁被甩在身后?
一只鸟飞翔着穿过云层就足够了。
你在房屋门口的甜美面容就足够了。

两匹农庄的马执著地拉着马车。
疯狂的乌鸦几只将桌布带走。
大多数时候,我们是熬过夜晚。

我们不要驱赶野天使离开我们的门口。
也许疯狂的谷物田地会移动呢。
也许困惑的岩石会学走路呢。

那样很好假如我们为夜晚所困扰。
那样很好假如我们回想不起自己的名字。
那样很好假如这嘶哑的音乐继续奏响。

我已经放弃不再担心独居的男人。
我确实担心住在隔壁的夫妇。
透过纱门听到的只言片语就足够了。

屋顶的钉子

一百艘船仍在寻找着岸滨。
我希望中的所有比我原本想象的更多。
屋顶的细小钉子躺在地上,为屋顶而疼痛。
我们脚上某块小骨头正向往着天堂。

跟父母打交道

很难明白该怎样谈论父母：
一个人说，"我辜负了我的父母。"他曾带他父母
横穿一条脏街——两道交通线。
另一个为他父母创建了一个失落的殖民地。
他曾划船过河，拖着他的父母。
他给他们买了靴子和木髓头盔①，
并将他们送入战斗。一个人让他们穿上
奥地利制服然后交给他们
俄国地图。再也没人看见过他们。
另一个学过炼金术的人
曾经尝试让他的父母转换形质。它耗用了
大量热能但并没有很多变化。
另有我原先认识的某人把他父母储藏
在了一个空水箱里——梯子还伸在外面。
另一个人曾把他父母一块绑起日以
继夜在一把摇椅上。而他们
死得安然无恙……但是到最后，他们
都确切知道了自己有过孩子。

---

① Pith helmets，一种热带遮阳帽。

旧渔线

有时候我在十月下旬的一天上车
向北行驶。我没有做过的一切——
翻寻,走访——所有那些不生活的理由——
都消失。我经过半已废弃的夏日城镇,
欣赏由赤裸的树木投下的阴影
在寒波舔沙的赤裸湖面上。

改宗的牧师——他们全都在嚼舌的
那位——也一样会看见那些波浪,在将
他的礼拜日帽子扔出窗外之后。他会
没事的。死亡抱紧橡树叶的底面。
在你经过的每个小海湾里你都会看见
你曾经必须对它说不的东西。

这样很好假如你走下去直到岸边。
你会感觉时间在流逝,夏天已逝的方式。
你会看到雨滴留在细沙之中的小孔
和被拉起来搁在岩石上的旧渔线。

开始一首诗

你独自一人。这时有一声敲击
在门上。是一个词。你
将它领进来。事情进展得
顺利达片刻之久。但这个词

有亲戚若干。没多久
他们就要现身。他们谁都不工作。
他们睡在地板上,他们还偷
你的网球鞋。

你开始了它;你从来不
满足于丢下东西不管。
现在窝里是一团糟,连那个
遥控器也不见了。

这就是婚后的
样子!你接受的永远不是你的
妻子而已,更是
她一家的疯狂。

现在明白发生什么事了吧?
你的车在哪儿?你将
无法找到
钥匙达一周之久。

我有女儿我也有儿子

1
谁早上六点在外面?那个
把报纸扔到门廊上的人,
和那些游魂,突然间
被拽下来塞进他们酣睡的身体。

2
雅各布·勃姆的狂野词语
不停赞颂着人体,
但苦修者的沉重词语
在秋风里摇摆。

3
我对我的诗篇有没有一份权利?
对我的玩笑呢?对我的爱呢?
哦愚蠢的人,什么都不知道——
比一无所知更少——对于欲望。

4
我有女儿我也有儿子。
当其中一个把一只手放
在我肩上,闪亮的鱼
在深海里突然转身。

5
到了这个年纪,我尤爱

海上的黎明,树上的繁星,
《三重生命》① 中的篇页,
和老鼠幼仔的苍白面孔。

6
或许我们的生命是由支柱
和纸构成的,像那些早期的
莱特兄弟 ② 飞机一样。邻居们
抓着翼尖一路奔跑。

7
我真的爱叶芝的暴烈
当他跳进一首诗的时候,
还有我父亲手中那份可爱的
平静,当他扣上外套时。

---

① *The Threefold Life*,勃姆《论人的三重生命》(*De triplici vita hominis*,1620 年)。
② Wright Brothers (Wilbur Wright, 1867—1912; Orville Wright, 1871—1948),美国飞行家。

想要奢华的天堂

没有谁在牡蛎氏族中间嘟囔,
而龙虾整夏弹奏它们的骨头吉他。
只有我们,用我们相对的拇指,想要
天堂存在,与上帝前来,又一次。
我们的嘟囔没有止境;我们想要
惬意的尘世与奢华的天堂。
但苍鹭支着一条腿站在泥沼里
终日喝他的黑朗姆酒,心满意足。

一件家事

我猜想这是一件陈旧的家
事。有的人是拿破仑,
有的人则被牺牲。去找
耶稣吧,要是你弄不明白。

捡起地板上那块曲奇。
让受雇的男人继续
浪费他的生命。他会找到
某人一起来浪费它的。

就像是一个游戏里面
输的是那游戏本身。
就像是一场野餐里面
是篮子在吃东西。

这样很好假如我去上大学;
多数人不去。这样很好
到最后带你自己的
父亲回家。就是别吵。

有些力量更加强大
我们比不了。它们从来不说
战斗是在什么时候。
那是昨天晚上。你输了。

保持沉默

我一个朋友说每一场战争
都是某种童年的暴力在靠近。
那些窝棚里的重击并非一个玩笑。
总体而言,结果不是很好。

这事已经持续了好几千
年!它无可更改。某件事情
发生在我身上,而我不可以告诉
任何人,于是它也会发生在你身上。

早晨睡衣

当你在一张温暖的床上睡了一整夜,有时
你会在你的睡衣里发现一股朽木的芬芳。
有一点低劣,但颇令人满意。
那是某种和谐友善的温暖
是你的两个球儿在夜里创造的。
那是一种哺乳动物的愉悦,涉及
母牛的乳房,这个
地球的名词之一。
不要觉得羞耻,朋友们;
不要把你们的睡衣扔进洗衣机,
不要打开窗户;
忘掉朝圣者!
想想那有多美妙
就是知识会来
自一个如此幽深的源头。

纤细的杉木种子

机灵的灶鸟,梨子的尊严,
桨的简单,那不朽的
引擎内在于纤细的杉木种子,这一切
都清晰呈现我们多想要不恒久的
成为恒久的。我们想要隐士鸫鹩
留住她的蛋卵哪怕在暴风雨中。
但那是不可能的。我们是易朽者;
朋友们,我们是腌咸的,不恒久的王国。

特里斯坦和伊索尔德①

愉悦的身体歌唱它四足的曲调。
它有它的诚实。恋人懂得动物的
执著,声声咕哝对精神说,
走了,走了!锥子从皮革抽出。
线从针眼抽出。后来
他在她眼中似乎很好,就像一个水洼
被动物踩脏。特里斯坦和伊索尔德
爱他们的淫秽小屋,没有北,没有南。

---

① Tristan and Isolde,12世纪英国浪漫传奇,骑士特里斯坦与爱尔兰公主伊索尔德私通的故事。

八月的土耳其梨子

有时候一首诗有她自己的丈夫
和孩子,她的角落和花园和厨房,
她的楼梯,和那些臂膀迷人的侍童
他们用亮闪闪的铜盘端小牛肉。
有些诗篇的确出产平民化的甜点
美味胜过法国吃客晚间食用的
巧克力,以及种种丰盛的旧乐趣
如在八月花园里摘下的土耳其梨子。

梭罗作为一个爱者

亲爱的老梭罗放弃了他声名狼藉的人生
来生活在沙鹤与蚂蚁中间。
他确切而言并不是一个取悦大众者,但他
始终与他漂亮的语言相伴。
每天他独自一人走在树林里,
随身带一本爱者之书,它会呈现哪朵花
可能在今天开放。好吧,好吧;
除此以外,他一个人生活得极其奢侈。

这么多时间

十二月的愚蠢,余烬落下,诱惑者们
起飞进入梦中的宫殿。事物移动得如此
缓慢在灵魂里。必定是我们
已经哀痛了一百年。
老男人和女人都知道多少时间
可以在祈祷时流逝。我们不要尝试
彼此鼓舞。这样很好。
我们可以留在哀痛里再多一百年。

鹩哥 ①

鹩哥几只在悲怆的黑色地板上溜达。
穿藏红色长袍的拉比喂它们
米诺鱼 ② 面包……它们前来见你。
摩西和他的黑人妻子像鸟一样行走
和跳舞。在梯牧草茎之间
加了鞍鞯的马匹从悲怆水池里饮水。
但这些鹩哥的脚趾很有弹性——它们走
过梦者昨晚留下的足印。

---

① Grackles,一种淡黑色羽毛的美洲椋鸟。
② Minnows,一种淡水小鱼。

写给老诺斯替派

神父曾将他们的信赖置于世界尽头
他们错了。诺斯替派既对又不
对。龙用它们多节的尾巴交配。
某笔昏睡的财富增长而无人关心,
是的,就在那边!沉闷的顽固
悲怆将飞翔的福音重压沉落。
学者们拼凑起新的译本。
未锻造的灵魂在空虚之光下嘟囔。

寂然于月光之下

寂然于月光之下,无始亦无终。
孤独,又不孤独。一男和一女卧躺
在开阔地上,在一袭羚羊长袍下。
他们睡在动物皮下,仰望着
古老、清亮的星星。多少年了?
长袍抛掷在他们身上,一片粗糙
是他们睡觉的地方。外面,月亮,平原
寂然于月光之下,无始亦无终。

悲伤是为了什么?

悲伤是为了什么？它是一个仓库
我们储存小麦、大麦、玉米和眼泪的地方。
我们迈步走到门口一块圆石上，
那仓库喂饲所有悲伤的鸟儿。
而我对自己说：你会不会
最终拥有悲伤？继续吧，要在秋天快乐，
要坚忍，是的，要宁静，安详；
不然就在悲伤的山谷里张开你的翅膀。

骆驼

那么多骆驼跪着驮起它们的重负。
我们还有什么选择除了俯身？我又怎能
靠近你假如我并不难过？蛤蚌翻滚
在浪涛之中，而琥珀藏有的秘密欲望
曾为蜜蜂所感，在他的房间变得安静之前。
鲑鱼必须巡游穿越那么多水域
方能回返到他的旧日家园。
那么多口吃者历尽艰辛说出一个词。

界限

就这样在熊的小屋里我们来到尘世。
有种种界限。在所有界限中间
我们知道那么少的事物。何以我所知
仅一条河——它的回转——和一个女人？
女人的爱是对哀痛的领悟。
哀痛没有界限。恋爱的男人
慢炖他的豪猪焖肉。在地上生长的林
木中间哀痛找到根茎。

家蝇

祝福此刻归于
低下头颅的一切!
难道约瑟不曾将
他的头颅低下来亲吻
面包师的脚?
麝鼠放弃
他父亲的房子。
家蝇将他的
头颅低下来放
弃他优雅的
天堂来与我们同住。

我父亲四十岁时

我曾那么爱他。我之前
说过这话,所以不要惊讶。
那是一场初恋。继续,张开
你的手。剪刀打赢
纸么?石头打赢剪刀么?
那不过是爱而无法被
解释。颇有可能它
发生得很早。你正看着
它。我发现的那种
打开的一首诗的方式原是取
自他走进一处田野的方式。

门口那个人

昨晚在梦中我走了几步
在地下。似乎是一个圣地——
或许一千年前的僧侣
冥想于此。我都快忘了他们。

我们怎能忘记？嗯，容易得很。
门口一个警卫——你知道那种，
那些把人拒之门外的——阻止了我。
我开始唱起来，"哼嘟啦，

"哼嘟啦。"我记不得
那些词语是什么意思了。
但门口那个人却变得
头晕目眩，让我溜了进去。

隐士

一大清早隐士醒来,听见
枞树的根在他的地板下面悸动。
有人在那里。那股埋没在
土地之中的力托起夏季世界。当
一个男人爱一个女人时,他滋养她。
舞者将他们的足光撒满草坪。
当一个女人爱土地时,她滋养它。
土地滋养无人能看见的东西。

渴望

我不知道为什么滴滴空气汇聚在
水杯之内,为什么粗毛的狗
总像是在等待着天堂。

我们已经拥有比我们父母更多的祝福。
即使在星期一,我们也能敲门
求陌生人给我们一张票子去天堂。

豪猪攀缘直上到树顶
他沉重的尾巴垂挂而下,
但他并不拿两颗豆子来换取天堂。

正躺在床上写诗的老人
感觉自己的大脑亮起,他知道
以某种奇特的方式他正在接近天堂。

男人有时转身为将一个女人看得更真。
美丽女人的眼睛时常放光
每当英俊的牧师谈论起天堂。

我每天如此快乐地写下这些诗篇。
我猜这意味着我有过一份渴望
整个早晨去书写这个词"天堂"。

今天我们看到了什么?

有些日子我们很消极,倾听将至的波浪。
在其他日子里,我们像一道光
整夜飞掠在满是荚壳的大豆田之上。

今天我们看到了什么?马匹在
它们的拴绳尽头,情感之翼转变,
忽见飞翔的公牛正经过月盘。

与其争论不休乔尔达诺·布鲁诺①
是对还是错,或许还是陷入沉默为好
并让我们自己迷失在弯曲的能量中。

我们知道有多少男人二十几岁独居,
又有多少女人与错误的人成婚,
又有多少父与子是彼此的陌生人。

这样很好假如我们总是忘记回家的路。
这样很好假如我们不记得我们何时降生。
这样很好假如我们一遍遍写同一首诗。

罗伯特,我不知道为什么你如此有信心
用这种方式谈论自己。有很多阴暗的
角色在本城之内,而你就是其中之一。

---

① Giordano Bruno (1548—1600),意大利哲学家、数学家、诗人、天文学家。

巢中的鹰

这样很好假如这苦痛延续很多年。
这样很好假如鹰永远找不到自己的巢。
这样很好假如我们永远得不到想要的爱。

这样很好假如我们听锡塔琴几个钟头。
乐手们弹奏得如何轻柔并不重要。
或迟或早旋律总会将它说尽。

我们悔恨我们的罪行与否并不重要。
老鼠会将我们的失败带进亚洲,
而图瓦① 喉音歌手会讲述完整的故事。

这样很好假如我们无法保持开朗一整天。
我们早已接受的任务是沉沦下去
用被毁灭的事物来更新我们的友谊。

这样很好假如人们认为我们都是白痴。
这样很好假如我们脸朝下趴在地上。
这样很好假如我们打开棺材然后爬进去。

事情已经走入歧途并不是我们的错。
让我们一致认同是萨图恩和别的老人
早为我们安排好了这一系列的失败。

---

① Tuvan,居住在俄罗斯西伯利亚、蒙古与中国北方的游牧部落成员。

烟渍的手指

仍有时间留给那些旧日子,那时乐手
曾待在他的欢乐泡泡里,而老人
曾用他们烟渍的手指扔下纸牌。

让我们希望布鲁克林大桥① 会始终屹立,
希望雅各或娶拉结或娶利亚,
而阿巴拉契亚群山② 并不一路走低。

无人介意我们是否邋里邋遢衣冠不整。
正在门口核对姓名的老人
只说匈牙利语,外加双目失明。

根本无从得知我们还剩有多少个小时。
新墨西哥的高原每年都略微上升。
就像是听见一条狗正在很远处咆哮。

几声鸟鸣传过来直透墙壁。
我不知道为什么我们要费神倾听它们
鉴于我们从未听见过自己的哭声。

不要放弃,朋友们。在我们内心的某处,
雅各正在我们的旧农场上照看羊群。
众天使仍在向约瑟发送消息。

---

① Brooklyn Bridge,跨越纽约东河(East River),连接曼哈顿区(Manhattan)与布鲁克林区(Brooklyn)的悬索桥,建于 1823 年。
② Appalachians,北美洲东部山系。

老诗人未能言说的东西

八月麦穗上的阳光紧抓着我,
因为我爱上了即将被割的麦子。
让我们感谢无论哪个让悲伤活着的人。

告诉我是谁将哈菲兹带出了坟墓。
是谁带给我们第三十王国的消息?
为了这个问题我无法停止鼓掌。

即使我们知道上帝将我们的脑袋放到
砧板上,我们也为此感谢他,我们
记得我们在夜间曾经享受过的爱。

告诉我为什么小提琴弦的苦痛
延续多年,为什么郊狼在夜间呼叫,
为什么鸟儿从不落定在一棵枝上。

告诉我为什么我的诗题常常那么忧伤,
为什么牲口每天不停地前往
屠宰场,为什么战争持续这么长。

夜复一夜在老人的头颅中流逝。
我们尝试提出新的问题。但无论什么
老诗人未能言说的东西都永远不会被言说。

新诗
(2012—2013)

一年之计

假设一年里我们写的诗仅仅
有关生活已经失败的男男女女。
我们大概不必停止书写
我们自己——这是一件好事。但

我们大概不得不放弃将塞尚
带进诗中,并马上切回狄金森。
会较少提及埃克哈特 ① 而无一
与那些被教会放逐的圣徒有关。

但我们可以继续书写蝴蝶
启程飞越太平洋,和那些移民
妇女在小木屋里演奏海顿,
我们还可以谈论上帝出了什么事。

---

① Johannes Eckhart(1260?—1327?),德国神学家。

《簧风琴》[1]

我已将这本蓝色的诗集爱了四十年。
一个人写下了它,但他的母亲在里面。她
现身在那一缕情感之中,后者刹那间升起——
那些被紧逼的人们所忽略的脆弱瞬息。

当然他有一大堆的胆大妄为,
还有逞强,玩笑尽是嘲弄科顿·马瑟[2]
和亚伯拉罕·林肯[3],但最好的诗行其实是
转瞬即逝的细节,女人多半都留意。

很难明白对此该说什么。有些人瞥
一眼世界但随后就看回那朵
通常被忽略的蓝花,像求爱中的那一刻:
四十个年头由此诞生的秘密时刻。

---

[1] *Harmonium*,华莱士·史蒂文斯的诗集(1923 年)。
[2] Cotton Mather (1663—1728),美国清教牧师、作家。
[3] Abraham Lincoln (1809—1865),第 16 任美国总统。

托马斯·特朗斯特罗默① 与人耳

某处有堆岩石在一片田野中。
几棵树长在岩石之间。
农民学习在它周围耕作。
它是一台为寂静而造的发电机。

当这个人抬起他狡黠、嬉戏的眼睛
某种新的言说便呈现在纸上。
一个方程式令太平洋海沟
等同于人耳的门廊。

有时一个间谍传送一张白纸
独处于自己的房间通过那解法。
他的诗篇类似于欧几里得②
找到第三定理之解法的途径。

---

① Tomas Tranströmer（1931—2015），瑞典诗人、心理学家、翻译家。
② Euclid，公元前3世纪古希腊数学家。

我父亲在黎明

我父亲还在跟母牛们一起工作吗?
它们嘎嘎碰响它们的枷拴,等待青贮。
小牛儿在等待,猪儿在咕哝。
马在灰尘的厩棚里跺它们的蹄子。

天还黑的时候,我父亲起身,穿上
他的工装裤,穿上他倔强的生活,
倔强地将它珍藏——它内在
于他就像鸽子的啼鸣与生俱来

在她身体的每个细胞里。他选择的生活
本是他渴望的东西。我们是这么想的。
与此同时母牛们正在等待,
而马在它们的厩棚里躁动不宁。

对风的爱

我们花了很多时间让一些老人活着。
我不认为你应该为此批评我们。
即使老水手也保留着他们对风的爱。

我们对我们邻居的悲伤知道得那么少。
他从没告诉我们他儿子出了什么事。
耶稣没有姐妹又能意味什么?

我们永远不会比狗更了解任何东西。
他睡得多深无关紧要。
熟睡的狗离弃全世界只为地板。

这样很好假如一家人夜里聚到一起
并像水手那样在风起时歌唱。
房子的屋顶会挺过这一夜。

我从来不是一个风的老朋友。
别指望我会欣喜于干草堆
散落在一场风暴或被吹倒的谷仓里。

几个家常的细节对于我们已绰绰有余。
我们厌倦了抱怨生与死。
即使老水手也保留着他们对风的爱。

要很长一段时间

让昆虫继续叫喊它们的哈利路亚①；
让蟋蟀继续藏匿它们的父母；
让山羊抱怨它们找不到耶路撒冷。

永恒等待驼鹿开始移动。
老鼠不停转圈追着自己的尾巴。
最后它干脆蜷起身子入睡去。

我们知道打造一个瀑布需要多久，
橡树在果园里等候多少年，
毛虫花去多久时间来洗他的脚。

锡塔琴手的头低俯在瘦削的锡塔琴上。
音符从一百个印度村子里传来。
长长的音符让海底甘甜。

要多少年过去那条巨龙才会重归。
同时，我们的祖母有很多事要做，
而疲倦的众鸟继续飞行在大洋之上。

要多少年过去那喧闹的海才会平静下来，
风也不再把舰船吹向陆地，
那些山羊也放弃寻找耶路撒冷。

---

① Hallelujahs，源自希伯来语的礼拜用辞，意为"赞美主"。

听蒙特威尔第 ①

我来自一长列的新教革命者
他们拒绝了与罗马的多次古老婚姻，
但我依然希望坐在摩西 ② 的身边。

每天晚上老天使们都召唤我们，
应许美好之事。多少个世纪牡蛎
一直在摩西的身边开合不停。

多少个世纪我始终是无人，颠沛
流离，暴风雨中的一只野鸟，然而
那么久我一直都坐在摩西的身边。

怎么可能身为儿女我们的父辈竟是
丹麦部落民，几乎没有基督徒，
然而这么久我们一直坐在摩西的身边。

我们知道多么轻易我们就能转向歧路，
而陷身雪地之中，尽管那么久
我们依然想象我们坐在摩西的身边。

让我们忘却此念即我们是旧人，被选中
以承载创世。我们全都是后来者
到得尘世，依然希望坐在摩西的身边。

---

① Claudio Monteverdi（1567—1643），意大利作曲家。
② Moses，《圣经·出埃及记》中希伯来人的先知和立法者。

就是不要担心

别担心,朋友们。这饮酒的夜晚不会
让你去不了你的婚礼。我们人人都曾被
遭送出门,如哈菲兹曾言,赤条条走在路上!

你一直在把奢华的意象放进诗篇里
多少年,希望它们会保你温暖,
但它们做不到。你依然赤条条走在路上!

人们以往都相信只有重度饮酒者
才衣装不整。现在我们所有人
全都在四处游荡着赤条条走在路上!

我们有几位老教师以往常穿着背心
配金链子和表袋。现在看看
他们:他们全都赤条条走在路上!

狂野的意大利人如圣方济各曾有一份见识
于此——休一年假,扔掉你的衣服,
捡起一根棍子然后赤条条走在路上!

有时候失败和愚蠢是好的。
假如哈菲兹不曾愚蠢,他就不会拥有
赤条条走在路上的快乐!

致　谢

此卷中的诗篇之前曾出现在以下诗集里：《雪域中的寂静》(*Silence in the Snowy Fields*)，卫斯理大学出版社(Wesleyan University Press)，1962年；《身体周围的光》(*The Light Around the Body*)，哈珀与罗(Harper and Row)，1967年；《牵牛花》(*The Morning Glory*)，海豹皮船书系(Kayak Books)，1969年；《牙齿母亲终于赤裸》(*The Teeth Mother Naked at Last*)，城市之光(City Lights)，1970年；《睡者挽着手》(*Sleepers Joining Hands*)，哈珀与罗，1973年；《雷耶斯角诗篇》(*The Point Reyes Poems*)，手印(Mudra)，1974年；《牵牛花》(扩大版)，哈珀与罗，1975年；《这副身体是由樟脑和歌斐木打造》(*This Body Is Made of Camphor and Gopherwood*)，哈珀与罗，1977年；《这棵树将在此一千年》(*This Tree Will Be Here for a Thousand Years*)，哈珀与罗，1979年，1992年修订；《穿黑外套的男人转身》(*The Man in the Black Coat Turns*)，日冕书局(Dial Press)，1981年；《在两个世界里爱一个女人》(*Loving a Woman in Two Worlds*)，日冕书局，1985年；《诗选》(*Selected Poems*)，哈珀与罗，1986年；《庞贝的天使》(*Angels of Pompeii*)，巴兰汀(Ballantine)，1991年；《我究竟因死而失去了什么？》(*What Have I Ever Lost by Dying?*)，哈珀科林斯(HarperCollins)，1992年；《对永不餍足的灵魂的冥想》(*Meditations on the Insatiable Soul*)，哈珀科林斯，1994年；《早晨诗篇》(*Morning Poems*)，哈珀科林斯，1997年；《吃词语的蜜：新诗与诗选》(*Eating the Honey of Words: New and*

Selected Poems),哈珀科林斯,1999年;《亚伯拉罕呼唤星星的夜晚》(The Night Abraham Called to the Stars),哈珀科林斯,2001年;《我被判的刑罚是一千年的快乐》(My Sentence Was a Thousand Years of Joy),哈珀科林斯,2005年;《对一头驴子的耳朵讲话》(Talking into the Ear of a Donkey),W. W. 诺顿(W. W. Norton),2011年。

我衷心感谢以下出版物的编辑,本卷中的新诗曾发表于其中:

《美国诗歌评论》(American Poetry Review):"对风的爱";"就是不要担心"

《蝶蛹读者》(Chrysalis Reader):"要很长一段时间"

《克利夫登35:克利夫登选集》(Clifden 35: The Clifden Anthology):"《簧风琴》"

《大河评论》(Great River Review):"托马斯·特朗斯特罗默与人耳"

《诗歌爱尔兰评论》(Poetry Ireland Review):"我父亲在黎明"

《苏菲》(Sufi):"听蒙特威尔第";"一年之计"

并感谢托马斯·R. 史密斯[1]的不断帮助与启发。

---

[1] Thomas R. Smith(1948—),美国诗人,作家。

译后记

我相信每个诗人总会有一首或几首诗，一行诗或几行诗，会向我们提供一个真相，有关这个诗人，他的诗歌和诗歌本身的真相。在罗伯特·勃莱（Robert Bly，1926—2021）这样写过太多诗篇，多到无法完全收集和统计，而只能由他本人或别人选编若干本诗选或诗集的诗人这里，或许这真相会有不同的版本，对于不同的读者而言；而相应地呈现这真相的诗和诗行，也会因读者的不同而不同。这只是我的一个假设，或许并不是我的，但我清楚意识到这个假设的时间是在 2021 年 11 月 23 日，即罗伯特·勃莱逝世两天之后，公众号读首诗再睡觉的朋友问我作为一个诗歌译者有什么想说的没有，我当时回答说：

刚听到消息，只有远远地默哀一下吧。勃莱是我最早读到的美国现代诗人之一，还有詹姆斯·赖特，我的印象中他们很相似，我喜欢他们的诗风（通过王佐良等译者的汉语），但赖特很早就去世了，勃莱我在很长时间里也没有再关注，直到一年前才第一次阅读英语的勃莱，并为自己的公众号翻译了他的一两首诗，结果是接下来我用一年翻译了他的一本诗集《从城堡偷糖》。事实上这本书前几天刚刚译好，在我看来仿佛是有某种重合：一个诗人的时间和他的一个译本的时间。但生卒年份并没有什么意义，我觉得能够呈现勃莱的时间的，是"从城堡偷糖"这首诗的最后一句："我被判的刑罚是一千年的快乐"。

将这段几乎是脱口而出（尽管是用手机写的）的话复制

在这里的原因是我现在能说的话依然大同小异,因为这就是属于我的(仅属于我的),有关勃莱的诗歌以及诗歌本身的真相版本。

在我看来,勃莱的诗是一种直观,简单,细腻,微妙,由诗人的敏感与直觉即时构思,即时完成,然后由读者的敏感与直觉即时领悟的诗歌。更准确地说,诗人所做的也并不是构思,读者所做的也并不是领悟,两者所做的都是发现诗歌呈现为词语(或词语呈现为诗歌)的瞬间。我们可以使用一个博尔赫斯曾经使用过的类比:美味存在于口与食物接触的瞬间,厨师是这瞬间的第一个发现者,食客是第二个,他将重新发现厨师的发现。前一种发现(诗人或厨师)的困难在于如何成为一个诗人或厨师,后一种(读者或食客)则只需要让自己成为一个中性或空虚的存在,然后向一首诗或一种美食敞开即可。然而博尔赫斯还说过莎士比亚和尤利西斯都是"无人",因此也有可能两种发现就是同一种。总之,当你成为诗人/厨师/读者/食客或无人之后,发现本身是一件很容易的事,如前所述,是一瞬间的事。

因此勃莱写的是一种当下之诗:当下的感觉,当下的想象(我想到玛丽安·摩尔[1]引述的叶芝:"想象的字面照录者"[2]),它与西方文学从开端以来就试图抵达的诗歌理想,"史诗"正好相反,而成为禅与俳句所寄寓的东方的回响。事实上从庞德一代开始美国诗歌就已经是西方与东方的深度融合的产物,这种诗歌到勃莱与他的同道这里,又为从历史到当下的转变带来更多样、纯粹与极致的呈现。我猜想远不止是勃莱同时期的美国诗歌,世界范围的当代诗歌,包括当代中国诗歌,都呈现了这种倾向:诉诸当下即是我们的当代性,一

---

[1] Marianne Moore(1887—1972),美国诗人。
[2] 玛丽安·摩尔"诗"(Poetry),引述叶芝《善恶的理念》(Ideas of Good and Evil),1903年。

种我认为是显而易见的共性。勃莱的特别之处或许正在他的平凡之中：他的当下是"凡夫俗子"（翻译家郑敏对"human beings"①一词的翻译）的当下，贫乏或丰饶的日常世界里诗歌闪现的瞬间。勃莱从孩童般的好奇与惊诧到老人的平静与快乐，将这当下延续了足够的宽度与长度。从某种意义上说，勃莱不仅是当代美国诗歌的代表，从 80 年代初次进入汉语诗歌至今，在很多当代汉语诗篇之中都可以找到他的影子，而每一首勃莱诗篇被翻开，我们品尝到的也正是我们的此时此刻。

一种新鲜愉悦的独特口感，当我们朗读——默读是用你的想象之口朗读——这些由英语/美语口语构成的诗句时，便会有这样的发现，而勃莱是在我们之前的第一个发现者（用汉语再现它是我注定无法完全做到的事）。因此勃莱才会将"蜜"和"糖"这样的词或意象放在他的诗篇甚至书名里，作为一个诗歌真相的提示。只举一例，最打动我的勃莱诗句之一"悲伤是为了什么？"难道不是从生命苦痛的仓库或城堡里窃来的一份诗歌之糖与蜜？除了从词语中获取快感（快乐的口感，我认为绝不仅仅是语感而已——在这里可以再次引用史蒂文斯的"它必须提供快乐"②）诗人还有别的什么工作、命运、罪责或刑罚？而在"我被判的刑罚是一千年的快乐"（My sentence was a thousand years of joy）这句诗中，"Sentence"一词除了"判决""刑罚"以外，还有一个同义反复或自我指涉的意思："句子"。于是我发现勃莱的一句诗变成了两句或 N 句，就在我写下这句话的当下，或"一千年的快乐"中的某个瞬间。

陈东飚

2021 年 12 月 20 日

---

① 罗伯特·勃莱"寻找美国的诗神"（In Search of an American Muse），《纽约时报》（*The New York Times*），1984 年 1 月 22 日。
② 华莱士·史蒂文斯"朝向一个至高虚构的笔记"（Notes Toward A Superme Fiction），《运往夏天》（*Transport to Summer*），1947 年。